新 潮 文 庫

出版禁止　ろろるの村滞在記

長 江 俊 和 著

新 潮 社 版

11868

出版禁止　ろろるの村滞在記

おことわり

令和三年七月二十日　長江俊和

　本書は、平成二十二年に編纂（へんさん）された『ろろるの村滞在記』を復刻したものです。『ろろるの村滞在記』は、奈良県に実在した団体を取材したノンフィクションであり、取材者自らが自費で出版した、いわゆる「私家本（しかぼん）」でした。ですから、本来は部外者が目にすることはなく、門外不出として、外部への持ち出しは固く禁じられていたようです。しかし数年前、本書のデータがインターネットに流出し、大きな話題となったのです。

　理由は、ルポの中に凄惨（せいさん）な殺人事件の一部始終が記録されていたからでした。流出直後、本書のコピーがインターネット上に溢（あふ）れましたが、すぐに削除され、現在閲覧することはできません。このような事情から、本書は長らく「幻の書籍」とされ、その存在が取り沙汰（ざた）されていたというわけなのです。

　筆者は偶然、流出したコピーを目にしていました。そして、本書のルポルタージュとしての特異性に着目し、かねてから出版の機会を窺（うかが）っていたのです。この度、復刻されることになったのは、文中に記述された事件の捜査が長期化していることが大きな要因でした。発生から十年以上が経った今でも、事件は未だ解決していません。新たな情報を収集する意味においても、今回の出版は意義があるとされ、警察や関係各位から許諾を得ることが可能となったのです。本書をお読みいただき、もし何か情報をお持ちの方がいらしたら、ご一報いただけると幸いです。

また、この『ろろるの村滞在記』は、流出当時、インターネットの掲示板サイトなどに「頭が混乱する」「意味が分からない」「呪われた」などといった書き込みが相次いだという事実があります。さらにこの本を読むと「不幸に見舞われる」「命を落とす」などという実しやかな噂も囁かれたのです。確かに最後まで読むと、この書籍にはある意味においての、呪いが仕掛けられていたことが分かります。筆者も読了したとき、呆然として言葉を失ってしまいました。

「呪い」の実在については、否定的な意見を持たれる方も多いのではないかと思います。もちろん筆者もその一人です。しかし、ルポルタージュの内容については、信憑性が高いものであると考えています。呪いが本当にあるかどうかは分かりませんが、「呪いが実在する」と信じている人間がいる。そのことは紛れもない事実なのですから。

ただし、本書を読んで「精神に変調を来した」としても、一切の責任を負いかねますのでご了承下さい。また「不幸に見舞われた」「呪われた」としても同様ですので、重ねてご了承のほどお願い申し上げます。

詩

永遠はあるよ
いやそんなものはない
永遠なんかないよ

神はいるよ
いやそんなことはない
神なんかいないよ

月は見えない
いやそんなことはない
月は見えるよ

運命は変えられない
いやそんなことはない
運命は変えられる
自分の人生は自分で決める

二人はもう会えない
いやそんなことはない
二人はまた会える
あなたのことをずっと思っている

死なくてはならない
そんなことはない
死んではいけない
たった一度の人生だから

人は死んでも生きている
そんなことはない
人は死んだら生きていない
命は限りあるもの

人を殺していい
絶対にそんなことはない
人を殺すのはよくない
どんなに悪いやつでも

人は呪(のろ)わなければならない
そんなことはない
人を呪うのはよくない
どんなに憎んでいても

人を恨んでいい
そんなことはない
人を恨むのはよくない
どんなことがあったとしても

取材を終えて

遠くで、赤ん坊が泣く声がする。生命力に満ちあふれた力強い声だ。

私は今、深雪(しんせつ)に覆(おお)われた森のなかのロッジで、この原稿をしたためている。キーボードを打つ手を止め、耳をそばだてた。村で初めて子供が生まれたのだ。女の子である。

出産のときは、皆一様に昂揚(こうよう)していた。子供の両親だけではなく、村人たちにとっても待ち望んでいた出産だったからだ。私自身にとっても、この新しい命の誕生は、とても有意義なことであった。赤ん坊の声を聞きながら、しばらく感慨にふけることとする。

ここで、一つお詫(わ)びしなければならない。本書のなかで、私がこの村を訪れた事由について書きたいと記述したが、詳しく述べるのは控えることにした。取材者があまり個人的な事情を書くのは野暮なような気もしていたし、取材を進めていくうちにその考えを改める重要な出来事を知り得たからだ。ただし一つだけ、私自身に関することを記すのをお許し願いたい。

先日、私の知人が亡くなった。不慮の事故で命を落としたという訃報が届いたのだ。

その事実を知ったときは愕然とした。

胸の内側から激しい慟哭がこみ上げてくる。両目から熱い液体が頬をつたうのを感じた。思わず膝から崩れ落ちる。

まるで世界が反転したような感覚である——

私自身が思い描いていた社会の実体は、大きな誤りであったことを悟った。それは人間や大自然、そしてこの世界との関わりについての理である。取材を始めたころは、懐疑的だった。だが今は違う。彼らの力によって私の人生は大きな変革を遂げた。私は実感する。繰り返される生と死。そのとき私は、ここを訪れるまでは絶対に知り得ることのなかった、世界の真実を垣間見たのである。

施設を訪れて、かれこれ十ヶ月ほどになっていた。知人の死を知るまでは、取材を終えてこの地を去ろうかと思っていたのだが、すぐにその考えを改めた。

自分の役割はやはり、この施設に残り、真実を伝えることなのだ。彼らの思想や功績を記録し、後世に伝えること。そしてこの世界の真理を解き明かすことが、私に与えられた運命なのである。それがあの人の供養になるのならば。それ以外に、私が存在する意味などどこにもない。

元気よく泣いている赤ん坊の声を聞きながら実感する。「すくいの村」は希望に満ちあふれている。私の絶望も希望に変えてくれた。彼らにはどんな賛辞を捧(ささ)げても、足りることなど決してない。

崇高な死を遂げたあの人への感謝と追悼の意を込めて、ある一人の村人が書いた詩を、最後の餞(はなむけ)とする。

素数蟬の理

一

バスが停留所に到着した。

峠の山道――

時刻はもう正午を回っている。料金を支払い、道ばたにぽつんと、錆び付いた表示板だけがある停留所に降り立った。リュックから地図を出し、改めて目的地の場所を確認する。歩き出すと、乗っていたバスも発進し、傍らを通り過ぎていった。

路線バスを乗り継いで、ここまでやって来た。目的地までまだ十キロ以上はある。徒歩で三時間はかかるだろう。日があるうちに到着したかったが、ここからはバスも通っておらず、歩くしかない。もうすぐ春も終わろうとしていた。幸い今日は日差しも強くなく、気温もさほど高い方ではない。真夏なら、三時間も歩くとなるとうんざりなのだが、これならなんとか歩けるだろう。

覚悟を決めて、国道を歩き出した。人の姿はなく、道路を走る車も、時折山林作業の軽トラックが通るくらいだ。新緑に覆われた峠道を歩きながら、山の深部へと向かってゆく。

奈良県辺境の山間の土地。この地を訪れたのは初めてだ。これから訪れる取材先のことを考えると、期待と不安が心に広がる。

ひたすら国道を歩き続けた。起伏の激しい峠道。歩き始めたころはよかったが、次第に息が上がってくる。吹き出る額の汗をハンカチで拭った。時折立ち止まり、水筒の水を飲みながら、目的地を目指す。

二時間ほど歩くと、国道脇に山道の入口が見えてきた。舗装されていない、森林のなかの道路である。一旦立ち止まり、地図を取り出す。目的地の施設がこの奥にあることを改めて確認すると、木々に覆われた山の小径に足を踏み入れた。

森のなかを進んでゆく。小径と言っても、車一台は通れるほどの道幅はある。ひんやりとした空気が心地よい。新鮮な酸素が体内に満たされてゆく感覚である。疲労していた肉体に力がみなぎってくるようだ。歩きながら地図を取り出す。目的地まではもう少しのはずだ。

歩き続けていると、周囲が少し暗くなってきた。空気も湿っている。空を見上げると、一面雲に覆われていた。厭な予感がした。天気予報は晴れのはずである。しばらくすると、ぽつぽつと雨粒が落ちてきた。これはまずい。慌ててリュックから、レインコートを取り出すが、時すでに遅し。もう服はびしょ濡れである。雨はすぐにスコールのようになり、地面に叩きつけるように降り始めた。仕方なく、土砂降りのなかを駆け出す。

大粒の雨に打たれながら走り続けた。すると、道の脇に駐車スペースのような場所が見えてきた。片隅に大型のSUV車が停めてある。ここが施設の入口だろうか。慌てて、そこに向かって駆け込んでいった。


「大丈夫ですか」

そう言うと、彼女はタオルを差し出してくれた。ジーンズ姿の細身の女性である。年齢は三十代半ばといったところだろうか。髪を拭きながら私は答える。

「急に降ってきたもので。ありがとうございます。助かりました」

「山の天気は変わりやすいですからね」

純白のタオルは真新しく、柔軟剤の香りがする。食堂のような場所だ。広いスペースのなかに、サイズや格好がまちまちの椅子やテーブルが並んでいる。昼下がりで、私たち以外に人の姿はない。あれから雨のなかを走り、目的地であるこの建物に飛び込んだ。初めて訪れる場所なので、服装に悩んだが、結局ラフな格好を選んだことが功を奏した。スニーカーでなければ、あの山道を走るのは厳しかっただろう。タオルで濡れた衣服を拭いている私に、彼女は声をかけてくる。

「もしかして、バス停から歩いて来られたんですか。結構な距離だったでしょ」

「ええ、まあ。でもいい運動になりましたし」

私が手渡した名刺を見て、彼女は言う。

「取材ということですよね。しばらくご滞在と伺っておりますが」

「ええ、そうです。お世話になります」

タオルで拭く手を止めて、頭を下げる。

「よろしければ、お風呂に行かれたらどうですか。風邪を引いたら大変です」

「お風呂ですか……。いえ、大丈夫です」

「ご遠慮なさらずに。この棟の奥にありますから、どうぞ使って下さい」

女性に促され、風呂を使わせてもらうことにした。

荷物を持って、食堂の奥へと進む。洗濯機が並んでいる廊下の突き当たりに風呂場があった。暖簾が出ていて、男湯と女湯に分かれている。ちょっとした旅館に来た気分だ。意外と言うと申し訳ないが、設備はちゃんとしている。左の暖簾をくぐり、脱衣場に入る。ほかに人の姿はない。リュックを置いて、濡れた衣服を脱いだ。ガラス戸を開けると、湯気の奥に五、六人は入れそうな石造りの浴槽があった。湯船につかり、冷えた身体を温める。こんな立派な風呂場があるとは思っていなかった。少し得した気分になる。

入浴を終えて、食堂に戻った。先ほどの女性が待っている。宿泊場所に案内してくれると言う。奥の厨房には何人か来ていて、食事の支度を始めていた。建物の外に出ると、もうすっかり雨は上がり、雲の隙間から青空が覗いている。

さっきは慌てて駆け込んだので、落ち着いて施設のなかを見る余裕がなかった。歩きながら周囲を見渡す。

森林に囲まれた起伏のある土地に、何棟かのロッジが点在している――

食堂と風呂場があった建物は、共用棟ということらしい。少し歩くと、炊事場や物干し場がある広場に差し掛かった。そこには野菜を洗っている若い女性や、薪を割っている男性の姿があった。放し飼いにしている鶏に餌をやる老人もいる。私の姿を見ると、皆にこやかな笑顔で会釈してくれた。私も丁寧に頭を下げる。

敷地のなかを歩きながら、女性と会話する。彼女の名前はミチル（仮名。以降に登場する施設の関係者も原則として仮名を使用。また敬称は省略した）という。さばさばした感じの親しみやすい女性である。化粧気はなく素朴な雰囲気だが、どこか垢抜けた感じがする。この土地の人間ではないのだろうか。言葉も関西なまりではない。

広場を通り過ぎると、勾配の急な小道を上っていった。その先は道が分かれ、何棟かロッジが建ち並んでいる。ミチルによると、ここはかつて、関西のある企業が福利厚生施設として使用していた場所だという。だから風呂場はわりと立派だったのだ。十年ほど前に、企業が施設を手放し、長らく買い手が付いていなかった。そういった訳で、彼らが安く購入し、使用することになったとのことだ。

森の斜面に建つ、一棟のロッジに到着した。こぢんまりとした瀟洒な建物である。ミチルがジーンズのポケットから鍵を取り出し、玄関の扉を開いた。

「どうぞ。このロッジを使って下さい」

礼を言って、建物のなかに入る。香ばしい木の香りが鼻腔を擽る。平屋建ての山小屋風の屋内。八畳ほどのダイニングに、小さな台所が設置されている。その奥に、四畳半の畳敷きの部屋があり、角に布団が畳んで置かれていた。

「夕食は六時になります。さっきの食堂になりますので。あ、お腹減ってらっしゃいますでしょう」

「ええ、そうなんです。実は私、昼食を食べそびれてしまって。どこかに食堂か何かあるかと思っていたのですが。お腹ぺこぺこで。どうして分かりました?」

「分かりますよ。顔に書いてあります」

そう言うとミチルは、屈託のない顔で笑った。

「いろいろとすみません。それでキノミヤさんはいらっしゃいますか。ご挨拶させて頂ければと思いまして」

「キノミヤは、町に出かけております。夕食までには戻ってくると言っていましたので」

「ああ、そうですか。分かりました。ではその時にご挨拶させて頂ければ」

キノミヤとはこの施設の責任者である。ここに来る前、私は彼にメールを送り、取材を申し込んだ。

「キノミヤも、佐竹さんに会うのを楽しみにしていると言っていました。では後ほど。あ、食堂に来るときは必ずこの懐中電灯を持ってきて下さい。帰りは真っ暗になりますから」

下駄箱に置いてあった懐中電灯を指し示して、彼女は言う。

「分かりました」

そう答えると、小さく会釈してミチルは部屋を出て行った。

腕時計に目をやる。時刻は午後五時すぎを示していた。夕食まではまだ少し時間があった。早速、ダイニングテーブルの椅子に座り、リュックのなかからノートパソコンを取り出す。キーボードを叩き、今日ここまでの出来事を記録することにした。

ではそろそろ、私が何故(なぜ)この施設を訪れたのか、その経緯について記しておくことにする。

まずは以下の文章をお読み頂きたい――

あなたの「悩み」「苦しみ」を聞かせて下さい
少しでも、あなたの力になることができれば
「すくいの村」であなたを待っています
よろしければ、下記のアドレスにメールを下さい
「すくいの村」代表 キノミヤ マサル

簡素なホームページの冒頭に掲載された、「すくいの村」という施設の案内文である。「すくいの村」とは一体何なのだろう。単なる宿泊施設ではないようだ。「悩み」や「苦しみ」を抱えている人に向けた案内をしているようだが、それは何のためなの

だろうか。自己啓発セミナーのような団体なのか。それとも新手の宗教か何かなのだろうか。私は施設に連絡を取り、取材を申し込むことにした。ホームページにあったアドレスにメールを送って、代表のキノミヤという人物とやりとりを重ね、滞在してみることになったのだ。

だが彼らを取材してみたいという動機は、興味本位だけではなかった。本当の取材動機については後述する。

午後五時四十五分、懐中電灯を持ってロッジを出た。

木々の隙間から、茜色(あかねいろ)に染まった空が覗いている。外は暮れ始めているが、懐中電灯で照らすほどではない。地面はまだ乾いておらず、急な坂道を下りてゆくと時折滑りそうになった。転げ落ちないように慎重に、道を下ってゆく。

食堂に入ると、すでに多くの人が集まっていた。この施設の滞在者なのだろう。全部で十人ほどだろうか。ジャージやスウェット姿の人たちが、カウンターに並んで料理を受け取っている。厨房で飯を盛り付けていたエプロン姿のミチルが、私の姿を見つけて言う。

「あ、佐竹さん。ここに並んで、食事を受け取ってください」

「はい、すみません」

ミチルに促され、列の最後尾に並ぶ。料理を受け取ると、空いている席を見つけて腰掛けた。新参者の姿を見ても、特に警戒する様子はない。私が来ることを知っていたのだろうか、みな愛想のいい顔で迎えてくれる。緊張しているのは私の方だ。滞在者たちの様子を観察してみる。彼らの年齢や性別はバラバラである。初老を越えていると思しき男性もいるし、二十代くらいの女性の姿もある。正面にいた恰幅のいい中年女性が、関西弁で言う。

「ご飯はお代わりできますから。遠慮せんでどうぞ」

「ありがとうございます」

夕食は、魚の煮付けと山菜の天ぷらと麦飯だった。椀に入っているのはきのこ汁だ。たちのぼる汁の香りに、空腹の胃袋が刺激される。それぞれが席に着くと、厨房から出てきたミチルが言う。

「皆さん。こちらは先ほど話した取材の方です」

慌てて私は立ち上がった。

「佐竹と言います。初めまして」

一同が私に注目している。

「これからしばらく、この施設に滞在させていただこうと思っています。皆さまの活動にとても興味があって、キノミヤさんにお願いして、取材する許可をいただきました。ご迷惑をおかけしないようにしますので、ご協力のほどよろしくお願いします」

　私が頭を下げると、ミチルが声をかけた。

「さあ座って座って。冷めないうちに食べましょう。お腹ぺこぺこなんでしょ」

　笑いが起こる。私は顔を赤らめながら席に着いた。箸を取り「いただきます」と両手を合わせる。

　料理は素朴な味だが、とても美味しかった。魚の煮付けはメバルだという。味付けも関西風の薄味でとても食べやすい。麦飯もすぐに平らげ、おかわりをする。そして二膳目に箸を付けようとした時である。

「すみません。遅くなってしまって」

　数名の男女が駆け込んでくる。この施設の滞在者なのだろうか。人数は四人で、彼らはそれぞれ、段ボールケースや食材が入っていると思しきレジ袋を両手に抱えている。急いで戻ってきたのか、皆息をはあはあと弾ませていた。そのなかの一人、ウインドブレーカーを着た長身の男性が、レジ袋を持ったままこちらに駆け寄ってきた。頭を下げながら、申し訳なさそうに言う。

「佐竹さんですね。ごめんなさい。お待たせして」

長髪で無精髭（ぶしょうひげ）の男性である。ガタイがいいので、妙に低姿勢なのがアンバランスな雰囲気だ。私は立ち上がり、声をかけた。

「キノミヤさん？」

「そうです。キノミヤです」

そう言うと慌てて、両手に持っていたレジ袋をテーブルの上に置いた。人懐（ひとなつ）っこそうな笑顔を浮かべ、握手を求めてくる。手を差し出すと、力強く私の手を握ってきた。近寄ると石鹼（せっけん）のいい香りがする。飾り気のない、素朴な雰囲気のある人物である。悪い人ではなさそうだ。キノミヤの年齢は三十代後半といったところだろうか。想像していたよりも若い。

彼と話し、食事の後に時間をもらうことにした。改めて挨拶がしたいのと、これからの取材の方向性について、いろいろと打ち合わせした方がいいと思ったからだ。本音を言えば、この「すくいの村」という施設がどんな集団なのか、もう少し情報が欲しいという思いもあった。

食事を終えて、周囲を見渡した。キノミヤをはじめ、遅れてきた滞在者たちは茶碗（ちゃわん）片手に麦飯をかっ込んでいる。それ以外は、ほとんどが食べ終わり、空の食器が載った盆を厨房のカウンターに戻していた。私もそれに倣い、盆をカウンターに返却する。

だが不思議なことに、食事が終わっても、誰も食堂から出て行こうとはしない。それぞれが茶を汲んだりして、またもとの席に座っている。何かを待っているようだ。私も同じように、席に戻った。キノミヤも食べ終わると、そそくさと食器をカウンターに置いて席の方に帰ってきた。一同が彼を注視している。立ったままテーブルの上にあった茶を一息で飲むと、キノミヤが言う。

「みなさん。今日は夕食の時間に遅れてしまい面目ありません。お詫びの印に、今日は私がなにか話をしましょう。何の話がよろしいでしょうか」

滞在者らは答えず、にこやかな顔で彼を見ている。どうやら食事のあとに、こうして話を聞くのが、この施設の慣習のようである。私も同じように、彼の話に耳を傾ける。

「そろそろ暑くなってきましたね。ついこの前までは寒い寒いと思っていたのに。季節の移り変わりは早いものです。さて、これからの季節、木にとまって一斉に鳴き出す虫がいますね。皆さんはなんだか分かりますか」

キノミヤは澄んだ目で、彼らを見渡して言う。

「そうです。蟬です。今日は変わった蟬の話をしましょう。みなさんはジュウシチネンゼミというのをご存じですか。ジュウシチネンゼミです」

その問いかけには答えず、彼らは黙ったままキノミヤの方に視線を向けている。よほど彼の話が楽しいのか、なかには笑みを浮かべながら聞いてるものもいる。

「それでは……ナカバヤシさん、ご存じですか」

ナカバヤシと名指しされた、小太りの中年男が口を開いた。

「あ……いえ、知りません」

「ご存じないですね。それはよかった。あ、すみません。もし聞いたことがあるという方がいても、黙ってて下さいね。私の話すモチベーションが一気に下がりますから」

一同に小さな笑いが起こる。

「同じ種類の蟬に、ジュウサンネンゼミというのもいます。ジュウシチネンゼミとジュウサンネンゼミは日本にいる蟬ではありません。それらはアメリカに棲む平凡な小型の蟬なのですが、その名の通り十七年、もしくは十三年ごとに大量発生するんだそうです。ジュウシチネンゼミはアメリカの北部、ジュウサンネンゼミは南部に生息し、発生した年はものすごい騒音で深刻な社会問題になっています。その数は五十億匹とも六十億匹とも言われていますからね。でも不思議なのは、ジュウシチネンゼミは十七年ごと、ジュウサンネンゼミは十三年ごとにと、発生する周期は規則正しくぴったり同じで、絶対に狂うことはないというんです。まるでコンピューターが発生する時期を制御しているみたいにです。一体それはどうしてなんでしょうか。なぜ十七年、もしくは十三年なんでしょうか。アガツマさんはお分かりになりますか」

キノミヤは、アガツマと呼ばれる女性に問いかける。アガツマは、六十は越えているだろう、白髪頭の老婦人だ。

「さあ、皆目分かりませんわ。……ほんまに神様の仕業やとしか」

「神様の仕業ですか……その通りです。大正解」

そう言うと、滞在者らはまた笑い声を上げた。だが、キノミヤは神妙な顔で話し続ける。

「いや本当なんです。アガツマさんの答えは全然間違っていない。ある意味正解なんです。今からその不思議について解説しましょう」

キノミヤは、一同を見渡して言う。

「それらの蟬は『周期蟬』また『素数蟬』と言われています。素数というのは、ミカジリさんご存じですよね」

ミカジリと呼ばれた、長い髪の女性に注目が集まる。周囲の滞在者とは違う、独特の雰囲気を持った女性である。戸惑いながらも、彼女はか細い声で言う。

「素数というのは……一より大きい整数で、一とその数自身でしか割れない数のことですよね」

「その通りです。ありがとうございます。七とか十一とか二十三とか、一とその数以外では割り切れない数のことです。十三と十七も素数なので、素数蟬と呼ばれるようになったんですね。でもなぜ素数蟬は、定められた素数のその年にだけ発生するのでしょうか。不思議ですよね。まるでカレンダー通りに、何十億匹の蟬が示し合わせたように……。今からその謎(なぞ)について、説明していきましょう。今から十年ほど前の一九九六年のことです。日本のある研究者が、その謎を解明した論文を発表して話題になりました。素数蟬が十七年や十三年など、素数年ごとに発生するのは、種の存続を有利にするための、数学的根拠があるというのです」

一同は黙ったまま、キノミヤの話に耳を傾けている。

「通常の蟬の場合、成虫になるまでの年数は、ツクツクボウシで一年から二年、アブラゼミで三、四年、クマゼミで四、五年ほどです。でも素数蟬の種は、十年以上も地中で羽化する日を待ちつづけます。一体なぜ、そんなに長く地中にいるのか。それはどうやら氷河期が関係しているらしいんです。今から二百万年前、地球には氷河期が訪れ、生物にとって地上は過酷な環境に変化しました。でもアメリカにはあまり温度が下がらなかった地域があって、そこでかろうじて生き残ったのが素数蟬の種なんですね。とはいえ氷河期という時代です。気温が低くなればなるほど、蟬の成長速度も遅くなってゆきます。そういったわけで、彼らは、通常の蟬とは違い、十年以上も地中にいるようになっていったんですね」

一呼吸おいて、キノミヤが話を続ける。

「その期間は、アメリカ北部では十四年から十八年。南部では十二年から十五年だったと言います。それらの条件下で、北部では十七年周期、南部では十三年周期の素数年ごとに発生する蟬の種が、群を抜いて生存確率が高いということなんですね。でも一体それは、なぜなんでしょうか。どうして素数の周期を持つ蟬の方が生き残るのでしょう。ミナミヤマさんはお分かりになりますか」

彼はミナミヤマという滞在者を指名した。彼は髪を短く切りそろえた、五十代くらいの男性である。

「素数の蟬が生き残る理由ですか……」

そう言うとミナミヤマが考え始めた。

「確か、あれでしょ……発生周期がどうした、こうしたとか」

慌ててキノミヤが声をかける。

「わ、わかりました。もういいです。ミナミヤマさんありがとうございます」

一同はにやにやと笑っている。一つ大きく咳払い(せきばら)をすると、キノミヤは語り出した。

「それでは説明しますね。種が生き残るためには、交配して繁殖しなければなりません。長い間地中にいて、やっと地上に出ても、交配する相手がいなければ子孫を残すことはできませんからね。だから、違う年にバラバラに地上に出て羽化するよりも、同じ年に一斉に羽化した方が、相手を見つけ、子孫を残すためには効率がいいんです。ただし、一斉に羽化するためには、なるべく同じ発生周期を持つ蟬同士が交配し続ける必要があります。違う発生周期の蟬が交配すると、その子供たちの周期は乱れることになるからです。つまり、種を存続させるためには、交雑してはならないのです。違う周期の近隣種と交雑する確率が少ない発生周期を持つ種の方が、『純血』を保ちやすく、生き残ることができるというわけなんです。近隣種と出会わない確率ですね。その場合、素数の周期を持つ種がとても有利なんです。ではそれは一体なぜなのでしょうか」

滞在者らは、黙ってキノミヤの話に耳を傾けている。彼は言葉を続ける。

「その答えは最小公倍数にあります。最小公倍数とは、二つ以上の数字の共通する倍数のなかで、最小の数値のものをいいます。例えば、素数ではない十五年の周期を持つ蟬と、同じく素数ではない十八年の周期を持つ蟬の周期の最小公倍数は『九十年』です。つまり、十五年蟬と十八年蟬は、九十年ごとに発生周期が合致するということになるんですね。それでは素数蟬の場合はどうでしょう。十五年蟬と素数の発生周期である十七年蟬の周期の最小公倍数は『二百五十五年』です。十七年蟬と十八年蟬の場合も、発生周期の最小公倍数は『三百六年』となります。十五年蟬と十八年蟬の『九十年』に比べると、素数の周期を持つ蟬の方が、最小公倍数が大きくなったことが分かりますね。つまり、最小公倍数が大きくなればなるほど、近隣種と出会う機会は減少し、交雑するリスクが、圧倒的に少なくなるということなんです」

キノミヤの話を聞いている滞在者たち。なかにはうんうんと頷(うなず)いているものもいる。

「それでは、十三年周期の素数蟬の場合はどうでしょうか。発生周期の近い十二年蟬と比べてみます。十二年蟬と十四年蟬の周期の最小公倍数は『八十四年』ですが、十三年蟬と十四年蟬の場合は『百八十二年』になります。十二年蟬と十五年蟬の周期の最小公倍数は『六十年』ですが、十三年蟬と十五年蟬は『百九十五年』と、発生周期がかち合う年が三倍以上も違うことが分かります。確かにそうですよね。先ほどミカジリさんが説明してくれたように、素数というのは、一とその数以外に割り切れる数がありません。ですから、素数以外の数と比べて、必然的に最小公倍数が大きくなるという性質があるんです。よって、素数の発生周期を持つ蟬と、違う周期を持つ蟬の最小公倍数は大きくなり、近隣種と交雑するリスクは減少し、『純血』が保たれやすくなるというわけなんです」

一旦言葉を切ると、キノミヤは一同を見渡した。施設の滞在者らは目を輝かせて、じっと彼の話を聞いている。

「さらに素数周期が効率的なのは、交雑のリスクだけではないんです。素数蟬の種は、十年以上もの長い年月を経て、地表に出て羽化するのですが、その時に天敵にあったらどうでしょう。その種は一斉に滅んでしまいます。蟬以外の動物も、発生の時期には周期があると言います。例えば蟬の天敵は鳥なのですが、鳥は三年や四年周期で発生するというんです。蟬が地表に出たときに、たまたま天敵の鳥が大量発生していたら、その蟬の種は鳥の餌になり、滅亡する危険性があります。つまり、できるだけ天敵と出会わないような周期で発生する蟬の種が、生き残る確率が高くなるというわけなんですが、その場合も、素数の発生周期の方が有利なんです」

語り続けるキノミヤ。施設の滞在者らは興味深い顔で、彼の話を聞いている。

「一体どういうことなのか、説明しましょう。まずは、十四年という素数ではない周期で発生する蟬がいたとします。十四年、二十八年、四十二年、五十六年と十四年ごとにその種は発生することになります。十四年周期の蟬が三百五十年の間に発生するのは二十五回です。その二十五回の間に、天敵である三年周期と四年周期の鳥の大量発生にかち合う回数は十六回。発生周期の二十五回のうち十六回ですから、全滅の危機に瀕する確率は六十四パーセントということになります」

軽く咳払いをすると、キノミヤは話を続ける。

「では素数蟬の場合はどうでしょう。十三年周期の蟬の場合、同じく二十五回の発生時期に、三年周期と四年周期の鳥と発生時期が合うのは十二回です。二十五回中十二回。確率にすると四十八パーセントと、十四年周期の蟬と比べると、十六ポイントも危機が減少するんです。十七年周期の素数蟬も、二十五回のうち天敵の発生時期と当たるのは同じく十二回で四十八パーセントという計算になります。このように天敵を避けて生き残るには、素数の発生周期はとても有利であるということなんですね。こうして何万年何十万年もの時を隔てて、ほかの周期を持つ種は淘汰され、素数の周期を持つ蟬だけが生き残ってきました。素数蟬が十三年、もしくは十七年ごとに大量発生するのは、数学的な必然だったというわけなんです。ここまではよろしいでしょうか。理解して頂けましたか」

そこまで言うと、彼は一同に向かって微笑みかけた。

「皆さんはこの話を聞いてどう思われましたか。私はこの素数蟬の話を聞いたときにこう感じたんです。私たち人間の出会いも、偶然のように思えますが、全部必然ではないか。私たちがここで出会ったのも、まだ人間が知らない複雑な方程式みたいなものによって定められていたんじゃないかって。だから、さっきアガツマさんが『神様の仕業』と言ったのも、あながち間違いではないと思うんです。そう考えると、ちょっと不思議な感じがしませんか。人間の出会いはもうすでに決まっていたって。私たちの両親が出会い、自分がこの世に生を受けることも。そして私たちの人生とか運命も……。誰と出会い、どんな人生を送るのか。そしていつ、この世から消えてしまうのかも……。もしかしたら、全部決まっているのかもしれないんです。素数蟬みたいに」

二

午後八時すぎ、キノミヤの話が終わる。

夕食の後片付けをするものは厨房に入り、それ以外の滞在者は自分の部屋に戻っていった。キノミヤによると、食事の用意や片付けは、分担して行われているという。

彼とともに、共用棟の二階に向かう。

キノミヤは食堂の奥の廊下を通り、風呂場の手前にある階段を上っていった。私もそのあとに続く。長身を折り曲げるようにして上ってゆくキノミヤ。階段の勾配は急で、一段上る度にみしみしと音がした。頭上の梁の木材も、古ぼけて黒光りしている。わりと年季の入った建物のようだ。

二階に到着した。キノミヤはステンレスの流し台が並んでいる廊下を進んでゆく。襖を開けて、なかに入っていった。室内は電気が点いておらず真っ暗である。柱のスイッチに手をやり、部屋の灯りを点けた。

八畳二間続きの広い和室——

靴を脱いでなかに入ると、キノミヤは壁際に並べてある座卓テーブルを両手で持ち上げた。作業しながら、私の方を見て言う。

「ちょっとお待ちください」

思わず私も靴を脱いで、部屋に上がった。

「手伝いましょうか」

「大丈夫、大丈夫です」

手際よく、折り畳み式のテーブルの足を出して、広い部屋の中心に置いた。テーブルの前に座布団を差し出し、私を見て言う。

「お待たせしました。どうぞ、お座りください」

「ありがとうございます」

彼に促され、座布団の上に座る。

「広いお部屋ですね」

「集会とかの会合で使う場所です」

そう言うとキノミヤも、自分の座布団を出して、その上にあぐらをかいた。

「はるばる遠くからお越し頂いたのに、いろいろと段取りが悪くてすみません」

「そんなことありません。皆さんによくして頂いていますので。夕食も美味しかったですし」

「お口に合いましたか」

「もちろんです」

すると足音がして、「失礼します」とミチルが入ってきた。盆に載せてきた湯気のたった茶碗を私に差し出す。

「すいません。ほんとにお構いなく」

するとキノミヤが言う。

「あ、佐竹さん。もしかしてお酒の方がよかったりします？」

「そんな。大丈夫です」

「佐竹さん、下戸（げこ）なんですか」

「いや、そういうわけではないですが」

「だったら、一杯くらいいいじゃないですか。付き合ってくださいよ」

「ええ……じゃあ、まあ」

「ありがとうございます」

無精髭に覆われた顔で、嬉（うれ）しそうに微笑むキノミヤ。傍らでそのやりとりを聞いていたミチルに言う。

「じゃあミチルさん、お酒持ってきてもらえますか」

「日本酒でよろしいですか」

「はい、頼みます」

ミチルは小さく微笑むと、部屋を出て行った。

「キノミヤさん。さっきの話、とても興味深かったです。素数蟬の話」

「いや、やめて下さい。知人から聞いた話が面白かったので喋（しゃべ）っただけです。単なる受け売りですよ。少し前にニュースとかでも話題になったらしいので、佐竹さんもご存じだったのでは」

「いえ、素数蟬って初めて聞きました。勉強になりました。いつもあんな風に、皆さんの前でお話しになっているんですか」

「たまにですよ。気が向いたときにね。ちょっと」

「でも皆さんの目は輝いていました。キノミヤさんの話を聞くのがとても楽しいといった様子でしたよ」

「まあね。ああいう話は好きなんですよ。現実を忘れたいというか。みんな色んなことがあって、ここに来ていますから」

「色んなことですか」

「ええ、そうです」

それから少し、キノミヤと雑談した。彼は見た目通り、とても温厚で、親しみやすい人物だ。私は機をうかがい、背筋をただす。

「キノミヤさん。改めまして、取材の方よろしくお願いします」

そう言うと、深々と頭を下げた。

「こちらこそ、よろしくお願いします。でもまたなんで、うちみたいな所を取材しようと思われたんですか。何もない所ですよ。辺鄙な場所ですし」

「メールで書いたとおりです。ホームページを見て、感銘を受けたんです。『悩み』や『苦しみ』を持った人を救う『すくいの村』ってどんな所だろうって。どんな人たちがいて、どういう風に救われるのだろうって」

キノミヤは頭をかきながら言う。

「いやほんとにお恥ずかしい。あれはホームページなんで、少し大げさに書いてしまっているんですが、実態は、ご覧のように本当に何もない、長閑で平凡な感じなんです。この辺りは見渡す限り、森しかないような場所ですし。みんなで力を合わせて、毎日を粛々と、精一杯生きているだけなので」

「でも、まだ今日来たばかりですけど、皆さんがキノミヤさんを強く信奉しているという様子は感じましたよ。キノミヤさんが皆さんを導いているような」

「導いているなんて、そんな烏滸がましいものではありません。私は決して、強い存在ではありません。正直に言うと、私が彼らの力を借りている。そんな感じですね」

「キノミヤさんが皆さんの力を借りている？」

「ええ、そうです。私にもこれまではいろいろとありましたので」

「会社も潰しましたものねえ」

そう言いながら、ミチルが戻ってきた。酒器を載せた盆を手にしている。

「別にそんなこと、言わなくてもいいでしょう」

ばつの悪そうな顔で、キノミヤが慌てている。ミチルは構わず、徳利と猪口をテーブルの上に並べ始めた。

「しばらく滞在されるというのでよろしく。佐竹さん、困ったことがあったら何でも彼女に言ってください」

「ありがとうございます」

「あ、彼女もここにいて大丈夫ですか。話を聞いてもらった方が、いろいろと都合がいいので」

「もちろんです」

乾杯して飲み始める。ミチルはまだ厨房の片付けなどがあるというので、飲んでいるのはキノミヤと私だけだ。酒を酌み交わしながら、「すくいの村」の具体的な活動の内容を訊く。

現在施設にいる滞在者の数は十八名。そして主宰者のキノミヤである。滞在者らは、私のようにインターネットでこの施設の存在を知り、応募してきたものがほとんどだという。ちなみに施設の名前が「すくいの村」なので、滞在者らは村人と呼ばれているらしい。村人たちは、施設内にある七棟のロッジに分散して居住しており、当番を決めて、炊事や共用場所の清掃などを分担している。施設から歩いて十五分ほどの場所に畑もあり、そこでの農作業も当番制だ。それらの当番時間や、朝、昼、夕の食事の時間、そして週に一度の集会以外は基本的に自由なので、彼らはそれぞれ思い思いに時間を過ごしているのだという。

「村人の皆さんは、いつごろからここに滞在されているんですか」

「長い人だと、三年くらいになる人もいますね」

「三年ですか。この施設はいつ頃からあるんです」

キノミヤは一旦、ミチルと顔を見合わせて言う。

「そうですねえ……もうかれこれ、五年ほどになりますね」

「なるほど。その……滞在費と言いますか、運営費のようなものはどうされているんですか」

「一切もらっていません。別に儲けようと思ってこういった団体をやっているわけじゃないので……。と言いたいのはやまやまなんですが。施設を維持するためには、先立つものが必要だというのも確かでして。とくに決めてはいませんが、毎月最低限のお金は頂くようにしています。あ、それと畑で採れた野菜を売って、運営費の足しにしていますす。今日遅くなったのも、野菜の配達に出かけていたもので」

「そうだったんですか」

「たまに行くんです。村人たちを連れて。場合によっては泊まりがけで、遠出することもあります。意外とうちの野菜は人気があるんですよ。それと、町に出たついでに、いろいろと用事を済ませたり、買い出しもするんです」

話を聞きながら、手にしていた猪口に入った酒を口にする。酒は冷えており、私の好みの辛口だ。猪口を手にしたまま、会話を続ける。

「実は正直言うと、ちょっと驚いているんです」

「驚いていると言いますと」

「いや大変申し訳ないのですが、ホームページを見たときに、少し宗教めいた団体ではないかと勘ぐっていたんです。信者を騙して、阿漕にお布施を集めているような。でも実際に来てみると、そうではないようで。ちょっと安心しました」

キノミヤが笑いながら言う。

「ええ、もちろんです。うちはそういった、金銭目的の団体とは対極にある集団と言っても間違いではないと思います。みんな普段は楽しそうに笑っていますが、心のなかで葛藤し続け、絶えず苦しんでいるんです。なんとか彼らを、そんな呪縛から解き放ってあげたい。そんな思いから、この施設が作られたんです。この社会では、誰しもが勝ち組というわけではないと思うんです。人は多かれ少なかれ、誰かに傷つけられたり、苦しめられたりを繰り返している。そしてそのなかには、強烈なトラウマを抱え込んで、まともな社会生活を維持できなくなってしまった人も数多くいるんです。微力ながらも、そういった方々の力になりたい。何か社会復帰の手助けになれば……。そう思い、この施設を始めたんです。私は集まってきた皆さんの癒やしと幸福を叶え(かな)たい。ただひたすら、それだけを祈っていますので」

「でも、少しぐらいまとまったお布施とかがもらえると、運営が楽になりますけど」

「折角いいことを言ってるんだから、水を差さないでくださいよ」

キノミヤが苦笑いを浮かべる。ミチルが徳利を持って私に差し出した。猪口に酒を注ぎながら、彼女は言う。

「それで佐竹さん。取材ってどんな記事になるんですか。うちが新聞とか雑誌に載るということなんでしょうか」

「さあ、まだ分かりません。何も決めていません。まずはしばらく滞在させて頂いて、ここで体験したことを文章にしようと思っています。あ、それでお願いがあります。村人の皆さんからお話を聞くことは可能でしょうか」

再びミチルと顔を見合わせると、キノミヤが言う。

「ええ、それはもちろん。本人さえよければ」

「もちろん無理強いはしませんが、私は知りたいんです。なぜこの『すくいの村』にやって来たのか。皆さんの人生に一体どんなことがあったのか」

「直接、交渉してみてください。それと、記事にするときは匿名の方がいいと思います。誰か分からないように配慮していただけるとありがたいです。名前が出るのは、問題があると思いますので」

「分かりました。もちろんそうするようにします」

するとミチルが口を開いた。

「あ、そうだ。明日、集会があるので、ぜひ参加してください」

「集会ですか?」

「ええ、佐竹さんの知りたいことが、いろいろと分かると思いますよ」

それから一時間ほど話して、共用棟を出る。

時刻は十時を回っていた。外は夜の闇に包まれているが、木々にライトが縛り付けられていて、思ったより暗くはなかった。念のため、部屋から持ってきた懐中電灯で足元を照らしながら、自分のロッジへと向かう。

夜になって気温が大分下がっていた。ひんやりとした風が酒で火照った肌に心地よい。周囲に村人の姿はない。視線の先に見えるロッジの窓は、ほとんど灯りが点いている。施設の滞在者らは、それぞれが自分の部屋にいるということだ。一体彼らは何をしているのだろうか。

進行方向に懐中電灯を向けて、木々に囲まれた斜面の小道を上ってゆく。二人に勧められ、わりと飲んだが、足もとはしっかりしている。私はさほど酒に弱い方ではない。キノミヤは終始、人の良さそうな親しみやすい人物だった。でも本当にそうなのかは分からない。私の想像が正しいとしたら、あの人懐っこい笑みの奥には、恐ろしい闇が潜んでいるということになる。

彼の本性が知りたい。もう少し突っ込んで訊いてみたいと思ったが、今日のところはこれくらいでいいだろう。施設に来たばかりなのだ。時間はまだ充分にある。

三

翌日は五時に起きて、食堂に向かう。

すでに三人の朝食の当番が来ていて、厨房で調理を始めていた。挨拶して見学させてもらう。彼らと積極的に会話する。見ているだけでは何なので、少し手伝わせてもらった。料理には多少自信がある。味噌汁に入れる具材を切ったり、魚を焼いたりしただけだが、調理担当の村人たちは喜んでくれた。朝食の後は、村の様子を見学したり、畑に行って農作業を手伝ったりして、村人たちと交流を深めた。だが彼らのプライバシーに触れるような、込み入った話はまだしていない。あえて、世間話程度にとどめておいた。まずは村人たちの輪に溶け込み、人間関係を構築することが先決だと思ったからだ。

そうやって、その日は一日中施設のなかで過ごす。夕食の後は例の集会がある。昨夜ミチルが言っていた集まりだ。今日は天気が良かったので、外の広場で集会は行われるという。集会は週に一度開かれているらしい。

午後七時、夕食が終わり村人たちと食堂を出る――

広場に着くと、すでに人が来ていて、パイプ椅子を並べていた。座席の正面には、薪が井桁の形に組まれてある。村人の一人がトーチ棒で薪に火を灯した。勢いよく炎が立ち上がり、周囲を赤く照らす。さながらキャンプファイヤーのような雰囲気だ。滞在者らは、炎の前に並べられたパイプ椅子に腰掛けた。私も彼らに倣い、席に着く。

夕食の片付けを終えたミチルらが来て、全員が揃った。

キノミヤが前に出てくる。彼は昨日と同じ、ウインドブレーカーにジーンズのラフな服装である。無精髭も生やしたままだ。長髪で上背があって、素朴な感じのするキノミヤ。燃えさかる炎を背に、一同に向かって話し始める。

「お疲れさまです。昼間は暖かいですが、夜になるとまだ少し肌寒いですね。季節の変わり目です。みなさんは体調の方は大丈夫ですか。気分がよくないという方は、遠慮なく仰ってください」

一同はじっと、キノミヤの方を見ている。手を上げるものは誰もいない。

「いらっしゃいませんか。では早速、始めます。それではどうぞ、挙手の方お願いします」

キノミヤが村人に向かって言う。少し間があって、ジャンパー姿の男性が手を上げた。

「お、それではどうぞ。シンギョウジさんお願いします」

シンギョウジは白髪頭の六十くらいの男性である。立ち上がると、思いつめた顔のまま、前に出てくる。

「では、こちらにお座りください」

キノミヤに促され、シンギョウジが正面のパイプ椅子に腰を下ろした。

「それで、その後はどうですか。落ち着かれましたか」

「ええ、まあ多少は……」

「多少……ということは、まだ心は癒えていないということでしょうか」

「ええ……。あれからここで、村長さんに言われたことを、何度も何度も思い出して考えたんやけど、やっぱりあきませんでした」

シンギョウジが話し始めた。

「脇が甘かったと言えばそれまでなんですけど、でもやっぱり悔しくて悔しくて。あいつらへの恨みが消えることは、一生ないと思うんです……」

切々と語り始めるシンギョウジ。キノミヤと村人たちは黙って、彼の話に耳を傾けている。シンギョウジはかつて食品関係の会社を経営していた。だがある日突然、信頼していた経営コンサルタントに会社を乗っ取られたという。そのコンサルタントは三十年来の友人で、家族ぐるみの付き合いもあった人物だった。それなのに、ほかの役員や取引先など関係各所と結託して、裏で株を買い占めていた。シンギョウジは代表の立場を退くことを余儀なくされ、挙げ句の果てに会社を追い出されたという。職を失った彼は、半年ほど前にこの「すくいの村」にやってきたというのだ。

「会社は私の父から受け継いだものやから、本当に申し訳なくて……。まさか、あんなやり方で乗っ取られるなんて。あいつらに受けた仕打ちを思い返すと、とても平常心ではいられず、夜も眠れないほどで……」

シンギョウジの話は続いている。村人たちは、じっと黙って彼の話を聞いていた。なかにはうっすらと涙を浮かべているものもいる。集会とは、このように村人の誰かが、恨みつらみを訴える場ということのようだ。

一通り、シンギョウジの話が終わった。すると、隣で聞いていたキノミヤが、口を開いた。

「よく分かりました。まだ怒りは癒えていないということですね。当然だと思います。それほどの仕打ちを受けたんですから……。安心してください。私たちは皆、シンギョウジさんの味方です」

そう言うとキノミヤが彼に歩み寄った。シンギョウジの顔をじっと見て、キノミヤは言う。

「だからこそ、ここで今一度問いかけましょう。あなたの怒りは本物ですか。シンギョウジさんが憎んでいる相手は、あなたが人生をかけて思い悩むほどの価値がある人間なのでしょうか」

「もちろん。そうです」

「本当ですか。もう一度、よく考えてみてください」

キノミヤがそう言うと、彼は押し黙った。

「あなたは彼らに報復したいと考えていますよね」

「その通りです」

「それは、あなたにとって本当に大切なことなんでしょうか。恨みを抱いて生きるより、きっぱりと忘れて、新しい人生を考えた方が、よっぽど建設的で幸福なんじゃないでしょうか。復讐は何も生みだしませんよ。それでもいいのですか。もう一度聞きますよ。本当にあなたは、彼らを一生恨み続けるのですか。その決意はあるのですか」

厳しい口調でキノミヤは問いかけた。迫力に気圧され、シンギョウジは狼狽している。彼の方がキノミヤよりも、二十は歳が上だろう。年配の人間が、二十も下の男に詰問されている姿を見て、何やら居たたまれない気持ちになった。キノミヤの言葉は続く。

「たかが会社を取られただけじゃないですか。あなたはこうして、五体満足に生きていますし、家族に危害を加えられたわけでもない。無一文になったということでもないですよね。いくらでも人生をやり直せると思うんです。お孫さんもいるんでしょう。これからの人生、いかに楽しく、豊かに生きるかを考えた方が得じゃありませんか。それに、人の道を外れて奪い取った会社なんて、絶対に上手(うま)くいきませんよ。あなたが彼らに復讐心を抱いたり、報復したいと思うまでもなく、そういった輩(やから)は勝手に自滅するでしょう。それが世の中の道理ですから。間違いありません。私が断言します」

真剣な目で、キノミヤはシンギョウジを見た。彼は視線を外して、何か考え込んでいる。するとキノミヤは表情を緩ませ、穏やかな笑みを浮かべた。

「もう一度よく考えてみてください。本当に彼らが、あなたの人生をかけるほど価値のある相手なのかどうか。時間はたっぷりとありますから」

その言葉を聞くと、シンギョウジの両目に涙が浮かび上がった。一同は身動(みじろ)ぎ一つせず、二人の姿を注視している。彼はキノミヤの方を見て言った。

「分かりました。今の言葉で少し心が救われた気がします。もう一度よく考えてみます。ありがとうございました」

深々と頭を下げてそう言うと、自分の席に戻っていった。静まりかえった夜の広場。ぱちぱちと火がはぜる音だけが辺りに響いている。

普段の穏やかな印象とは違い、集会でのキノミヤには凄みがあった。だが凄みだけではない。村人たちに向けられた顔には、深い慈愛と悲哀のようなものが感じられた。彼が醸し出す、そこはかとない哀愁の影は何なのか。これまで彼は一体どんな人生を過ごしてきたのだろうか。そしてなぜ、この施設の「村長」となったのか。強い興味が湧いた。

澄んだ目で一同を見渡すと、キノミヤは言う。

「ではほかに、お話しになりたいという方はいらっしゃいませんか」

数人の村人らが、ぱらぱらと手を上げる。キノミヤが一人の女性を指し示す。

「あ、それではサクラヅカさんお願いします」

サクラヅカと呼ばれた、ジャージ姿の女性が立ち上がった。年の頃は四十前後だろうか。小柄で少しぽっちゃりした、可愛らしい感じの中年女性である。緊張した面持ちで、前に出てくる。

「さあ、どうぞこちらに」

席に着くサクラヅカ。キノミヤが優しく声をかける。

「ここで話して頂くのは、初めてですよね」

「はい。そうです」

「緊張なさってます？」

「はい。すいません」

「大丈夫です。肩の力を抜いてください。みんなあなたの味方ですから」

「ありがとうございます」

「サクラヅカさんは、ここに来られてどれくらいでしたっけ」

「はい……今日でちょうど十日になります」

強ばった表情のまま、彼女は答える。

「なるほど。では一体なぜここに来られたのか。今から教えて頂けるということですね」

「はい」

「それでは、お話しして頂けますか」

決意を込めた顔で小さく頷くと、彼女は語り始めた。

「すみません。上手く話せるかどうか分かりませんが……。私はここに来るまで、主婦をしていました。専業主婦です。夫は不動産会社に勤めていて、子供は二人いました。上は男の子で小学校二年生。下は女の子で幼稚園の年中でした。自分で言うのも変ですが、よくある平凡な家庭だったと思います。夫婦仲も悪いと思ったことはありませんでした。たまに喧嘩(けんか)とかはしましたけど、夫から殴られたとかの、DVもなかったです。だから、夫から離婚を迫られたときは、正直訳が分かりませんでした。突然だったんです。子供が寝静まった後に、離婚届の用紙を出されて、判を押してくれって言うんです。もちろん、受け入れることは出来ませんでした。離婚を迫られるなんて考えたこともありませんでしたから。だから、どうして別れなければならないのか、説明してほしいって言ったんです。もちろんそれが分かったからって、判子を押すつもりはありませんでしたけど。最初、彼は口が重かったんですが、私が納得できないでいると、理由を話し出しました」

暗い森のなか。燃える炎を背に、身の上を語るサクラヅカ。村人たちは押し黙って、彼女の話を聞いている。

「離婚の理由は虐待(ぎゃくたい)だそうです。私が二人の子供に対して、日常的に虐待を行っていると言うんです。証拠もあって、弁護士とか、しかるべき施設に相談しているとも言われました。そのときは、唖然(あぜん)として言葉が出ませんでした。彼が何を言っているのか、意味がよく分からなかったんです。だって私が、虐待なんかするはずありませんから。そのことは自分がよく知っています。神に誓って本当です。可愛い我が子に暴力を振るうなんてこと、するわけないじゃないですか。でも夫は私が虐待している、子供たちが可哀想でならない、別れて欲しいと繰り返すばかりなんです」

怒りを滲ませて話を続けるサクラヅカ。最初の緊張はなくなり、徐々に語気も強くなってきた。

「もちろんその日は断固拒否して、判子なんか押しませんでした。でも次の日、夫が弁護士を家に呼んで、証拠を見せてきたんです。調査報告書みたいな書類でした。そこには、私がいつも子供たちに罵声を浴びせているとか、暴力を振るっているとか、嘘ばかり書かれていました。『子供たちは母親の暴力を恐れている』って。それはもちろん、親ですから子供を叱ったりはしますよね。そういう子供たちの成長に必要な、私が子供たちにしていた日常的な躾や注意などの言動を、報告書には虐待だと大袈裟に書いてあるんです。確かにうちでは、躾けるのは私の役割で、あの人は子供らには甘く、一切そういうことをしてこなかった。夫はそれをいいことに、私を虐待する母親に仕立て上げて、離婚しようとしたんです。だから、報告書を読んでこう思いました。ああ、この人はこんなことをしてまで私と別れたいんだと。それで、そのときに私のなかで夫に対する思いは、一瞬で冷め切ってしまったんですね。別にこんな男と離婚しても一向に構わないって。でも、子供たちとは絶対に別れたくありません。離婚はしたとしても、子供は絶対に渡したくない。私は必死にそう主張したんですけど、夫も子供を渡したくないと一歩も引かないんです」

サクラヅカの目に涙が浮かんでいる。感情を込めた声で、彼女は話を続ける。

「挙げ句の果てに、こんなことまで言われました。『このままだと、警察に連絡してお前を逮捕してもらわないといけない。そうなる前に別れた方がいい。その方がお前のためだ』。それで頭にかっと血が上ったんです。絶対に私は虐待なんかしていない。なのに何で、犯罪者扱いされなきゃいけないのか。もうこれ以上、この人たちと話していても無駄だ。気がつくと、私の足は二階の子供たちの部屋に向かっていました。後になってみると、もっと冷静になって行動すればよかったと反省しています。もしかしたら、そこまで私を追い詰めたのは、彼らの作戦だったのかもしれません。ドアを開けて、子供部屋のなかに飛び込み、遊んでいる二人に問いかけました。『本当にママが怖いの』って。突然の出来事に、子供たちはぽかんとしています。私はさらに言いました。『ママは殴ったりなんかしないよね』。すると二人はうんうんと頷いて、言ってくれたんです。『ママは殴ったりしないよ』『全然怖くないよ。ママのこと大好き』って。思わず私は、二人を抱きしめてしまいました」

話しながら、彼女の目から涙がこぼれ落ちた。村人たちも目を潤ませ、彼女の話に耳を傾けている。なかには洟をすすり上げているものもいた。

「でもすぐに、夫が飛び込んできて、子供たちと引き離されたんです。それから夫は二人を連れて、弁護士と家を出て、どこかへ行ってしまいました。子供たちと話したのは、それが最後です。それから離婚まではあっという間でした。私も弁護士を立てて、離婚調停に臨んだのですが、結局親権は夫のものになりました。調停委員が、私が虐待しているというあの嘘八百の報告書を信じ込んでしまったからです。私は目の前が真っ暗になりました。もしかしたらこれは悪い夢なのかもしれない。そう思いました。夢なら覚めて欲しい。でも夢ではありません。紛れもない現実でした」

そう言うと彼女は、一旦口を閉ざした。涙で濡れた目を閉じて、呼吸を整えている。沈黙に包まれた広場。誰も声を出すものはいない。サクラヅカの次の言葉をじっと待っている。彼女は目を開けると、再び話し出した。

「もちろん私は、合意するつもりはありませんでした。でも弁護士からは、これ以上やっても、こちらに有利な状況にならないと言われたんです。調停委員からも、調停を長引かせるのは、決して子供のためにはならないと合意を迫られました。確かに貯金はもう底を突いていて、それ以上調停の費用を払い続けることはできない状態でした。ずっと専業主婦だったし、両親もさほど裕福な方ではありません。残された道は、調停の結果を受け入れることしかなかったんです。それから私は、茫然自失のまま、実家に閉じこもっていました。家にいても仕方ないので、アルバイトを探して働きにも出ました。なんとか気持ちを切り替えて、新しい人生を歩み出そうとしたんです。でもやっぱり駄目でした。子供たちのことを忘れることなどできるはずはありません。仕事はすぐに辞めてしまい、またもとの引きこもりの生活に戻ってしまいました。そんなある日のことです。私は久しぶりに部屋を出て、当て所もなく歩いていました。いつの間にか私の足は、前に住んでいた家に向かっています。子供たちの姿を一目見たい。そう思ってしまったんです。それで一年ぶりに、かつて家族で暮らしていた家の前まで来てしまいました。物陰に隠れてじっと待ちます。もちろん声をかけるつもりはありません。ただ二人が元気かどうか知りたい。そんな思いだけでした」

涙まじりの声で、彼女は話し続ける。

「しばらくすると、玄関のドアが開いて、子供たちが出てきました。その日は日曜日でした。どこかに出かけるんでしょうか。二人はレジャーバッグを持って、楽しそうに笑っています。元夫も出てきました。玄関脇の駐車スペースで子供を車に乗せています。物陰から子供たちの様子を見ていると涙がこみ上げてきました。でも、驚いたのはその後です。思わず我が目を疑いました。玄関からもう一人、誰か出てきたんです。女です。栗色に染めたセミロングの髪のすらっとした若い女性。見たことのある女でした。彼女は手にしていた鍵で施錠すると、車の助手席に乗り込みました。四人でとても楽しそうです。車は動き出し、どこかへ走り去ってしまいます。私は愕然として、その場に立ち尽くしていました。確かあの女は、元夫の部下だったはず。思い出しました。家にも何度か来たことがあって、面識もあったんです。これでやっと分かりました。夫には女がいた。やっぱり私は騙されていたんです。夫は部下と不倫して、私が邪魔になったんでしょう。だからありもしない『虐待』をでっち上げて、私を家から追い出したんです。いや、もしかしたら、画策したのはあの女かもしれません。狐みたいな狡猾な顔をしていました。彼女は私から、夫と二人の子供を奪い取ったんです」

固唾を呑んで、彼女の話を聞いている村人たち。傍らにいるキノミヤも、ただ黙って、耳を傾けている。

「その時、私は身体の内側から湧き上がる憎悪を抑えることができませんでした。あの男と女が憎い。絶対に許せない。怒りで気が狂いそうになりました。心のなかに殺意が芽生えます。二人を殺したい。殺したい。殺したい。このままだと、本気であの二人を殺してしまうかもしれない。そう思ってしまったんです」

取り憑かれたように、語り続けるサクラヅカ。その背後でめらめらと燃えさかる炎は、まるで彼女の心情を代弁するかのようだ。

「助けてください。私は彼らに対する怒りと憎しみで頭がおかしくなりそうなのです。何としてでも二人に罰を与えたい。復讐したい。もう、それ以外のことを考えることができないんです。この苦しみから逃れるためには、どうすればいいんでしょうか……。お願いですから、私を救ってください。お願いです」

そう言うとサクラヅカは深々と頭を下げた。静まりかえった村人たち。沈黙したまま、彼女の姿を見ている。すると、キノミヤがゆっくりと動き出した。うなだれている彼女の正面で立ち止まり、言葉をかける。

「ありがとうございます。勇気を出して、全(すべ)てを話してくれましたね」

泣き腫(は)らした目で、彼女はキノミヤを見上げる。

「大変な思いをされて、ここに来られたんですね。でも安心してください。我々はみんな、あなたの味方です。もう一人で悩むことはありません。分かち合いましょう」

キノミヤがそう言うと、何人かの村人たちは小さく頷(うなず)いている。

「あなたの憎しみや苦しみは、もうあなた一人のものではありません。しっかりと受け取りましたよ」

「ありがとうございます……」

するとサクラヅカの目から、また涙がこぼれ落ちた。キノミヤは彼女に力強い眼差しを向けると、口を開いた。

「まだ充分に時間はありますよ。急いではいけません。私たちはあなたが、心のなかにある葛藤や苦悩から解放されるように全力で取り組みますから。一緒に乗り越えてゆきましょう」


それから一時間ほどで集会は終わった——

午後十時すぎ、村人たちはそれぞれ、自分のロッジに帰っていった。私もロッジに戻り、ノートパソコンを開いて、この原稿を書いている。

サクラヅカの後にも、何人か村人が出てきて、自分の気持ちを切々と語っていた。

集会とは、あのように心に傷を負った者たちが、心情を吐露する場のようだ。彼らはただひたすら、相手の話に耳を傾け、時には涙していた。そこに誰も異を唱える者はいない。日常生活で心に深い傷を負った者たちが集まり、お互いを慰め合っている。そんな印象である。

やはり、この施設に関する噂は、単なる噂ではないのかもしれない。そう思った。

そのことを確認できただけでも、大きな収穫だった。

四

翌日からも、私は施設に泊まり込み取材を続けた。村人たちと積極的に会話し、関係を深めることに腐心する。ルポライターということで、警戒するものも少なからずいた。だが、粘り強く彼らと接して、心を開いてもらおうと努めた。そして何人かから、話を聞くことができた。取材の一部をここに公開する。

「私の場合は、よくある平凡な話なんです。取材する価値なんかないと思いますけど」

この施設に来て二年ほどになるユウナギという女性――

二十九歳というが、とても若く見える。施設ではジャージを着ていることが多く、初めて会ったときは高校生かと思ってしまった。ここに来る前は、洋菓子店に勤めていたという。

彼女は取材に対し懐疑的で、最初は私の存在すら拒んでいた。だがなんとか説得して、取材に漕(こ)ぎつけることができた。広場の片隅にある切り株のベンチまで連れ出し、話を聞いた。

「交際していた男性がいたんです。彼は売れないミュージシャンで、私はバンドの大ファンでした。それで付き合うようになって、一緒に暮らすことになったんです。最初のころはとても幸せでした。大好きだった彼の夢を支えていきたいと思っていました。彼は甘いものが大好きで、私が作る試作のアップルパイとかを、美味しい美味しいってよく食べてくれました。私はその頃は、パティシエを目指していましたので」

あどけない少女の面影が残るユウナギ。しかし表情に快活さはなく、どこか淡々としている。彼女の話は続く。

「でも、楽しいときはあんまり長くは続きませんでした。ある日、彼は私に言ってきました。お金を貸してくれないかって。その前にも『音楽活動に必要だから』と言われ、私は何度か、彼にお金を貸していたんですね。だから私は思わず、前に貸したお金はいつ返してくれるのかって聞いてしまったんです。そしたら急に怒りだして。一緒に夢を追いかけようって言ったのに、何で俺を信じられないんだ。成功すれば、金なんかどうにでもなるのに、どうしてそれまで待てないんだって。それで力任せに殴られたんですね。でもその時は彼の言う通りだって、思ってしまったんです。悪いのは私の方だって……。それからも頻繁に殴られるようになって、でも彼の才能を信じていたし、彼のことが好きだったから、なんとか耐えていました。挙げ句の果てには、子供も堕ろすように言われて……」

「子供も……」

「ええ……。二回妊娠して、二回とも堕ろしました」

呟くように言うと、彼女は言葉を続けた。

「今思うとほんとに馬鹿だったんですけど、その時は彼の夢のためならと、どんなにぼろぼろになっても我慢することができたんです。でも、ある日のことでした。仕事から部屋に戻ってくると、彼の服とか楽器とかが全部なくなっていて……。突然彼は、私の部屋から出て行ったんです。あとで聞いたら、ほかに女ができたということでした。わけが分かりませんでした。今までの自分は一体何をしていたのか。これまで彼のために尽くしてきたことは何だったのか。哀しみとか怒りとかそういった言葉ではとても言い表せません。何度も、堕ろした子供たちの夢を見ました。罪悪感に苛まれて、頭がおかしくなりそうで。自分が楽になるためには、彼を殺して自殺するしかない。そう考えるようになりました。でもやっぱり死ぬのは怖くて……。そんなときに、この施設の存在を知ったんです」

そう言うとユウナギは一旦、言葉を句切った。感情を失ったような目で私を見て言う。

「もういいですか。私の話はこれで終わりです。でもやっぱりよくある話でしょう。取材する価値などなかったと思いますが」

　次はニシキオリという四十代の男性――

　施設の近くにある清流に釣りに行くというので、同行させてもらうことにした。「すくいの村」に来て一年ほどになるニシキオリ。暇を見つけては（というか村での生活はいつも暇なのだが）、ここに来てルアーを投げている。彼は背が高く恰幅もいい。学生時代は剣道部にいたというスポーツマンだ。顔つきも彫りが深く、一見「悩み」や「苦しみ」とは無縁なタイプのようにも思える。ちなみに彼は、私がこの村を訪れた最初の日に、キノミヤとともに野菜の配達に出かけ、食堂に駆け込んできた村人の一人である。

「何でニシキオリさんは、この施設に来られたんですか」

　私がそう言うと、彼はわずかに目を伏せた。山深い場所にある岩場の渓流。川面に放ったルアーに視線を向けたまま、ニシキオリが口を開いた。

「まあね、ちょっと嫌なことがありましてね……」

「嫌なこと……と言いますと」

「ええ……一言で言うと、裏切られたんですよ」

浅黒い顔に影が差す。彼は言葉を続ける。

「ここに来る前、私は商社に勤めていました。いわゆる大手と呼ばれる規模の会社で、そこで懸命に働いておりました。そんなある日、私は社を挙げての大きなプロジェクトのリーダーに抜擢されたんです。とても光栄なことだと思いましたよ。入社以来、必死で働いてきたことが認められたと感じ、全身全霊でその仕事に取り組もうと決意したんです。確かその時はまだ三十代でした。その年齢で、プロジェクトリーダーに任命されるのは異例のことだったようです。だから、それをやっかむものも多く、敵も沢山いました。なんとか私を蹴落とそうと、プロジェクトに横やりを入れてきたり、妨害しようとする社員も少なからずいたんです。でも私は、そんな下卑た連中は相手にしませんでした。私の職務は、そのプロジェクトを成功させ、会社に利益をもたらすことです。そして上司に認められ、出世し、家族を幸せにする……。そんなふうに思いながら、日々職務に取り組んでいました。でもある日、思いも寄らぬことが起こり、私はその地位を奪われてしまったんです。それで、結局会社を辞めてしまいました」

「思いも寄らぬことですか……。一体何があったんでしょうか」

川面に揺れるルアーをじっと見たまま、彼は言う。

「私のプロジェクトチームには、入社二年目の若い社員がいました。彼はとても優秀で覇気がある好青年でした。学生時代は陸上をやっていたという体育会系で、私の若いころによく似ていたんです。仕事の飲み込みも早く、一緒に働いていても、とても気持ちがいい若者でした。彼は将来、我が社の貴重な財産になる。そう思い、大切に育てようとしたんです。だから、私が持っているノウハウを教え、彼は期待通りに成長してくれました。自慢の部下でした。取引先にもよく連れて行きましたよ。彼も私のもとで働けるのは光栄なことだと言ってくれて、私は、自分の後継者になるのは彼しかいないと思っていたんです。そのときは、世代を超えた友情のようなものも感じていたほどでしたから」

釣り竿（ざお）を左右に動かしながら、語り続けるニシキオリ。その浅黒い横顔からは、僅（わず）かな憂（うれ）いが滲み出ている。

「でもある日のことです。私は人事課に呼び出されました。要件は、私の部署でパワーハラスメントがあったという報告があり、調査したいということでした。話を聞くと、パワハラを行っているのは私で、訴えているのはその部下だというんです。全く身に覚えのない話でした。こういったご時世です。私は彼に対しても、もちろん彼以外の部下にも、威圧的な態度は取ったことがありません。私が若いころは、上司に人格否定といっていいほどの酷(ひど)いことを言われるのは日常茶飯事でした。でも今は時代が違います。私は誰に対しても、人格を尊重して、丁寧に接してきたつもりだったんです。特にあの部下に対しては、絶対にそんなことはしませんでした。残業を強要したこともないし、叱責(しっせき)したことなどもなかったはずです。もちろん仕事ですから、指示したり注意したりはありましたよ。でもそれはあくまでも業務的なことだったし、パワハラをしたという心当たりは一切なかったんです」

「なるほど……確かにそれは予想外の出来事でしたね。それでニシキオリさんはどうされたんですか」

「すぐにそのことを、人事課のコンプライアンス担当に訴えました。私の話を、担当者も『理解した』と言ってくれました。でもそれからしばらくして、突然辞令が下りて、私はプロジェクトチームから外されてしまったんです。部署も異動になって、閑職に追いやられました。理由はやはり、パワハラ疑惑だったようです。私は納得がいかなくて、人事の担当者に面会を求めました。担当者によると、調査の結果、パワハラがあったかどうかは不明だったと言います。ではなぜ、私が異動させられたのかと食い下がると、コンプライアンス担当としては、訴えが出ている以上、その被害者を信じ、寄り添わなければならないということでした。だから今回のような措置を取ったのだと。さらに不服そうな私の態度を見て、彼はこう言いました。今後、その部下が会社を訴える可能性もある。今回の異動は、その場合に備えてのリスクヘッジでもあるので、十分理解して欲しいと」

川面のルアーに視線を向けたまま、彼は話を続ける。

「その話を聞いたときは、信じられませんでした。まだ入社二年目の部下の妄言により、会社のトップを走っていた私の地位は、失墜してしまったのですから。釈然としない思いに駆られて、すぐに私は会社を辞めてしまいました。それから転職して、いろいろほかの仕事をやりましたが、あまり上手くいきませんでした。結局、妻も子供を連れて家を出て行きましたよ。前のような贅沢(ぜいたく)な暮らしが出来なくなって、愛想を尽かしてしまったんです。それで、生きていることがつくづく虚(むな)しく思えてきて、この施設にやって来たというわけなんです。それにしても、今でも理解できないのは、あの部下の行動です。彼は何故(なぜ)、ありもしないパワハラをでっち上げて、人事課に駆け込んだのか。私は何度も考えました。もしかしたら、私は自覚していなくとも、彼を傷つけたりするような言動をしていたのではないかって。いや、絶対にそんなことはありませんでした。本当に彼のことは有望視していたし、親身になって接していたんです」

「では一体なぜその部下は、パワハラを受けていると言ったのでしょうか？」

私がそう言うと、ニシキオリは小さく笑って言う。

「さあ、よく分かりません。私がその理由を知りたいぐらいですよ。もしかしたらさしたる理由などなく、若い者特有のゲーム感覚でやったのかもしれません。上司を失墜させるゲームです。もしくは、彼は想像以上に繊細な性格で、私の何気ない言動に傷ついていたのではないかと考えたこともあります。いずれにせよ、真相は不明でした。でも会社を辞めてから、風の便りで、ある噂を耳にしたんです。それは、その部下が出世したという話です。私を蹴落とそうとしていた連中の派閥に入り、若くして要職を任されたというんです。それを聞いて、私は目が眩みそうになりました。やはり彼は、そういった連中と結託していた可能性があった……。もしそうだとしたら、その部下を絶対に許すことができない。そう思いました。全幅の信頼を置いていた彼の行動で、私の人生は奈落の底に突き落とされたのですから」

さらに話を聞くことが出来たのは、ミカジリという村人——

先日キノミヤが素数蟬（そすうぜみ）の話をしたときに、素数の説明をした女性である。長い髪の落ち着いた雰囲気の彼女。目鼻立ちははっきりしており、美人の部類に入るのだろう。年齢は三十二歳。ここに来る前は、中学の教師をしていたという。

誰もいない午後の食堂。テーブルで向かい合って話を聞く。ミカジリは、村人たちのなかでもあまり誰とも話をせず、いつもぽつんと一人でいることが多い。才色兼備と言っても差し支えのない彼女が、何故このような施設にいるのか。とても興味があった。

「私の場合は、そんなに複雑な話ではないんです。ある事情によって教師を続けられなくなって、学校を辞めることになったんです。友人や家族とも、まともに顔を合わせることが出来なくなり、この場所を見つけて、隠れるように逃げ込んできました」

「ある事情とは何でしょうか」

「私はここに来る前、一人の男性と交際していました。彼とは三年ほど前に、友達が主催したパーティーで知り合い、意気投合して付き合うようになったんです。彼は三歳年上で、とても穏やかで優しい性格でした。会話も楽しく、趣味もよく合って、私には申し分ないような男性だと感じました。少なくとも、そのときはそう思っていたんです。彼は自分でＩＴ関係の会社をやっていて、収入も充分にあったようです。交際は二年ほど続いて、お互い結婚を意識するようになりました。それである日彼からプロポーズされたんですけど、私はちょっと躊躇（ちゅうちょ）してしまったんですね。もちろんそのときは彼のことを好きだったと思うんですけど、いざ結婚となると、何か違うと感じてしまって。彼とは音楽とかの趣味も合うし、話していても楽しいのだけれど、心の奥底の……深層心理のレベルでそれを拒否する自分がいて……。すみません、ちょっとうまく言えないんですけど。もちろん仕事のこともあったので、少し考えさせて欲しいって、返事を保留したんですね。それで、彼との共通の女友達にそのことを打ち明けて相談したんですが、そこで信じられないことを聞いてしまったんです」

「信じられないこと……ですか」

「はい……その友達は、彼と知り合うきっかけのパーティーの主催者だったんですけど、実はそのパーティー自体が、彼からの依頼で企画されたものだったというんです。費用も全部彼持ちで、彼は予め（あらかじ）、私の趣味とか性格とかを全部調べていたって」

「全部調べていた……」

「そうなんです。彼はその友達から、私のことを聞かされて興味を持ったらしく、パーティーの前に探偵社などを使って、私の趣味とか動向を調査させていたらしいんです。だから、意気投合して趣味がぴったりと合ったのは、偶然ではなく、全部仕組まれていたということでした。友人もずっとそのことを気に病んでいて、良心の呵責を感じていたようです。それで、結婚を躊躇している私の姿を見て、言わずにはいられなかったということなんです」

「なるほど……それは気味が悪いですね」

「ええ、その話を聞いて愕然としました。もちろんその友人も許せなかったですけど、本当に彼のことが恐ろしくなったんですね。結婚を切り出されたとき、深層心理で拒否した原因はこのことだったんだと思って、それから彼と会うのにも苦痛を感じるようになってしまったんです。それでプロポーズを断り、別れることにしました。そのことを切り出すと、『違う道を歩くことになっても、お互い頑張っていこう』と言って、意外とあっさり受け入れてくれたんです。彼は私の前では、常に物分かりのいい優しい男性なんです。こうして私たちは二年間の交際を終了させたのですが……悪夢の始まりはここからでした」

そう言うとミカジリは口を閉ざし、唇を噛んだ。長いまつげがわずかに揺れている。様子をうかがいながら、彼女に訊いた。

「悪夢の始まり……もしかしたら、そのあと彼がストーカーになって、あなたに付きまとうようになったとか……そういうことですか」

「いえ、そうではないんです。それから彼とは一切会ったことはありません。あんまり自分の口からは言いたくないのですが……。以前も同じことを聞かれて、でもどうしても話すことが出来ませんでした。でも佐竹さんだったら……」

テーブルに視線を落とすと、彼女は再び語り始めた。

「それからしばらくして、私のSNSに不特定多数の人から猥雑な書き込みが相次ぐようになったんです。口に出すことも憚られるような、私の人格を誹謗中傷するような卑猥な書き込みです。画像は私の写真でした。そこには画像が添付されていたんです。画像は私の写真でした。彼とデートしたときに撮った写真です。彼の顔は画像処理が施され、誰か分からないようになっていましたが、私の顔はそのまま出されていました。画像はそれだけではありませんでした。そこには人には見られたくないような写真も何枚かあったんです。そうです……いわゆる、そういった行為の最中のあられもない姿の写真です」

「いわゆる、リベンジポルノということですね」

「そういうことです。もちろん私は、そのような写真が撮られていたことを全く知りませんでした。彼は私に分からないように、行為を撮影し、私と別れた後に、それをネットに上げていたんです。私の名前や勤務先とかの個人情報も全部分かるようにして……。もうその時は、どうすることも出来ませんでした。気づいたときは、私の写真と実名はネット上に広まっていたからです。職場も晒されたので、もう学校に顔を出すことも出来ませんでした。すぐに休職して、結局辞めることになりました。ネット被害専門の弁護士に依頼して、画像をサイトから削除するよう措置を取ってもらったのですが、すでに拡散してしまっており、全てを消すことは不可能でした。今でも私の名前で検索すると、すぐにそういった写真が出てくると思います。絶対に許せないと思い、警察にも通報しました。でも彼は写真を上げた後、どこかに逃げたらしく、結局逮捕されることはありませんでした。私は無力感に包まれました。確かに捕まえることが出来たとしても、ネットの画像が消えるわけではないのです。彼は見事、私への復讐をやり遂げたというわけなんです」

語り続けるミカジリ。整った容姿とは裏腹に、その物憂げな顔が、彼女の苦悩の深刻さを物語っている。

「きっと、あの男は自尊心の塊のような性格だったんだと思います。結婚を拒否されたときは、潔く別れを受け入れるようなことを言っていました。でも本当は、彼のプライドはずたずたに引き裂かれ、私に対して激しい憎悪を抱いたに違いありません。だから復讐のために、このような卑劣な行為に及んだのでしょう。彼のような人間と出会ったのが悲劇だと言ってしまえばそれまでですが、私の人生はもう取り返しのつかないことになってしまいました。ネット上にばらまかれた画像は、永遠に消えることはないのですから。その一件以来、私は友人に会うことはおろか、外を出歩くことすらままならない精神状態になってしまいました。一人部屋に引きこもり、もちろん働くことも、両親に顔向けも出来なくなってしまったんです。もう死ぬしかないのかもしれない。そんなことを考えていた矢先、『すくいの村』の存在を知ったんです。この村に来て本当によかった。私の居場所は、もうここしかない……」

途端に目を輝かせて、ミカジリは言う。

「私には今、大きな夢があります。それは私にとっての希望であり、これからの人生のための目標なんです。今はその夢を叶えるために、誠心誠意、この村で頑張っています。その夢が私にとっての唯一の生きがいであり、心の拠り所なんです。もしその夢が潰えてしまったら……。きっと私は死んでしまうと思いますので」

「その夢って一体なんですか」

「……すみません。それだけはどうしても言いたくありません。申し訳ありませんが、お察し下さい」

五

思わず立ち止まった。

リュックから取材用のデジタルカメラを取り出す。目の前で野鳥が木の芽を啄(ついば)んでいる。雀(すずめ)よりひと回りほど大きな、灰色の羽毛に黄色いくちばしの小さな鳥だ。脅かさないように気をつけて、カメラのレンズを向ける。何枚か写真を撮り、少し眺めていると、どこかに飛んでいってしまった。

あとで調べると、イカルという種類の野鳥だった。この奈良には斑鳩(いかるが)という名の町がある。法隆寺などがあり、聖徳太子ゆかりの地として知られている場所だ。斑鳩の地名の由来は、さっきの野鳥のイカルが沢山生息していたからだという説がある。ちなみにイカルは、寒い時期に活動する野鳥なので、この暑い時期に姿を見せるのは珍しいことのようだ。

カメラをポケットにしまうと、再び歩き出した。森のなかの小道である。時刻は午前十一時を回っていた。施設を出て三十分ほど歩いたことになる。木々の隙間(すきま)から差し込む日の光が眩(まぶ)しい。ハンカチを取り出し、汗ばむ額を拭(ぬぐ)う。時折立ち止まり、市販の地図を取り出す。場所を確認しながら、目的地を目指してゆく。歩きながら、「すくいの村」のことや施設で出会った人々のことを考えた。

この村に滞在して、今日でちょうど二週間になる。その間に、多くの村人たちと交流し、話を聞くことができた。もちろん全（すべ）ての人が、取材に応じてくれたわけではない。私の申し入れを拒否した人も少なからずいる。でも、それはそれで仕方ないと考えている。彼らは大きなトラウマを抱えて、施設にやってきた。取材を受けたくないという心情は十分理解できる。だから決して、無理強いしようとは思っていない。それに、これまで取材を受けてくれた村人たちの話を聞いて、私の目的の第一段階は、ある程度達成できたと言えるからだ。

施設に滞在している人々は一様に、心に大きな傷を負っていた。会社を奪われたもの。家族を奪われたもの。交際相手に心身ともに狂わされた女性。職場を追われた元商社マンやインターネットに裸の写真を晒された元教師。彼らはひどい裏切りに遭い、精神的に追いつめられた。そして、正常な社会生活を送ることが困難となり、この施設にやってきたのだ。もちろん、村人たちの話を鵜呑（うの）みにしてはいけない。その主張が正当であるかどうかは、裏切られたという相手やその周辺を取材して判断する必要があるだろう。しかし、別に私は彼らの言葉の正当性を探りたいと思っているわけではない。村人たちは心に傷を負い、この「すくいの村」にやって来た。その事情が分かっただけで十分なのだ。

取材をして、もう一つ分かったことがある。それは彼らがこの施設に訪れた目的である。一見すると、「すくいの村」は、社会で追いつめられた人たちにとっての駆込み寺のようなものに思える。精神的なリハビリを行う場所とも言えよう。確かにキノミヤはカリスマ性のある男だ。村人たちは彼を慕い、キノミヤは彼らが新しい人生を歩み出すために、導いているように見える。実際、取材を始めた三日後に、一人の村人が「立ち直ることができた」として施設を後にしていた。娘を交通事故で失い、悲嘆にくれていたミナミヤマという男性だ。盛大な送別会が開かれ、「この恩は一生忘れない」と、涙ながらにキノミヤに感謝の思いを告げていた。

だが村人の大半は、長期間に亘り、施設に滞在している。心の治療が目的なのだろうが、半年から一年、なかには三年以上も滞在している村人もいた。ほとんどどこにも出かけず、たまに野菜を売りに町に行く以外、ただ漫然と施設のなかで過ごしているのである。精神的なリハビリだというが、あまりにも期間が長すぎないか。村人たちは一体、ここに何を求めているのだろうか。もしかしたら彼らには、ほかに何か目的があるのではないか。

この施設を取材して、ずっと感じていた疑問だった。だが一通り村人たちから話を聞いて、朧気ながらある一つの推論にたどり着いた。彼らへの取材から、一つの共通項を見出すことができたからだ。私の推論は、徐々に確信に変わろうとしている。


地図を片手に歩き続ける。

木々に囲まれた細い山道である。果たして、本当に目的地にたどり着けるのだろうか。不安に駆られながらも、道すがらにある道標を頼りに、進み続ける。道標には「瑞江古道」と記されている。奈良から三重につながる古道なのだという。

しばらく歩いていると、川のせせらぎが聞こえてきた。小さな橋が見える。渓流に架けられた吊り橋だ。道は間違っていないようだ。地図によるとこの橋の先に、目的の場所があるはずだ。川の前まで来ると一旦立ち止まった。橋板に足を踏み入れる。歩く度に吊り橋のワイヤーが軋む音がして、足もとが大きく揺れる。眼下の風景に目をやる。ちょろちょろと流れる川の上流。流れはさほど速くないようだ。

橋を渡り、山道を進んでゆく。視線の先に、小さな祠がある一画が見えてきた。古ぼけた祠である。木材の表面は黒ずみ、所々腐食していた。祠の横を見ると、苔に覆われた石地蔵もあった。手向けられたガラス瓶のなかの花は、みな枯れ果てている。祠の前で立ち止まった。地図に目をやり確信する。間違いない。この場所である。注意深く見ると、祠の脇にわずかに人が通れるほどの空間があった。その奥には道が続いている。祠と地蔵がなければ、そこに道があるとは気がつかなかった。目的地はこの奥にある。祠と地蔵は、その場所に赴くための目印なのだ。

地図をリュックにしまい、歩き出した。祠の脇の小道に足を踏み入れる。樹木や雑草に囲まれた道。枝をかき分けながら、目的地を目指して進む。道は蛇行しており、視線の先に何があるかはよく分からない。不安に駆られながら、雑草を踏みしめてゆく。

そのまま歩き続けると、突然視界が開けた。生い茂る木々の奥に、灰色の湖面が見えてくる。吸い寄せられるように、湖の方へ歩いてゆく。

湖畔に佇み、湖の景色を眺める。

酒内湖である――

地図にはそう記されているが、実際に見ると湖と呼べるほどの大きさはない。湖というより、まるで沼のようだ。山や樹木に取り囲まれ、晴れていても日の光はあまり届いていない。湖面も灰色で、一面が藻に覆われ、とても陰鬱な感じがする。

ちなみに湖や沼、池などに明確な区別はないらしい。一般的に、湖とは五メートルから十メートル以上の水深があり、水底に植物が繁茂していないものであるという。沼は深さ五メートル以下で、水底に植物が繁茂しているもの。池は湖や沼よりも小さく、とくに人工的に作ったものを指す。だがそれらはあくまでも慣例的なもので、法律による決まりのようなものはなく、例外は多いという。

湖の景色を眺める。ついにここまでやってきた。胸のうちから感慨が湧(わ)き上がってくる。何やら期待と不安が入り交じった、不可思議な感覚である。デジタルカメラを取り出し、湖の景色を撮影した。何枚か撮ると、その場から歩き出す。湖の畔(ほとり)に道があった。地図によると、道は湖を取り囲んでいる。

注意深く周囲をうかがいながら、湖畔の道に足を踏み入れた。湖沿いに幅四メートルほどの道が続いている。鳥がけたたましく鳴いている。辺りには人の姿は見当たらない。少し歩くと、道端に朽ち果てた木の看板があった。表面には、煤(すす)けた筆文字で書かれた「周回路」という字と、矢印が記されている。湖畔の道を歩く順路なのだろう。矢印が示すとおりに歩くことにした。湖を中心に、時計回りの方向である。

写真を撮りながら進んで行く。進行方向の右側には、藻に覆われた湖面が広がっている。左側は、鬱蒼(うっそう)とした森が続いていて、立派な樹木が立ち並んでいた。辺りには生臭い水の臭いと湿気が漂っている。額に脂汗が滲んできた。それにしても薄気味悪い場所である。ここで*あんな*事件があったと思うと、余計にそう感じる。

それではここで、事件について説明しようと思う。私がこの地を取材するきっかけの一つになった事件だ。

二〇〇八年十二月二日。奈良県××郡の山林で、切断された遺体の断片が多数発見された。遺体が見つかったのは、酒内湖を周回する道。発見者は、湖に釣りに訪れた六十代の男性で、道端に人体の一部と思しき肉塊や白骨が落ちているのを見つけ、警察に通報したという。警察の調べによると、遺体の断片は四十片以上にも及び、一・五キロメートルの周回路全体に散らばるように遺棄されていた。遺体は死亡から数日が経過しており、ほとんどは鳥獣に食い荒らされ、性別や身元は不明の状態であった。断片のなかには、樹木の幹に釘で打ち付けられていたものもあり、道端に散乱していた肉片も、もともとは木に固定されていた断片が落ちたものではないかという。その後のDNA鑑定で、四十片以上の断片は同一人物のもので、二十代～五十代の成人男性であることが判明している。遺体の切断に刃物が使用された跡が残っているものがあることや、樹木の幹に釘で打ち付けられていたことから、警察は死体遺棄事件として捜査を開始。遺体の身元や容疑者の特定など、事件の全容解明に取り組んでいる。

今から半年ほど前の事件である。捜査本部は管轄の警察署に設置され、現在も捜査が行われているようだ。だが、事件が発覚してからそれ以降、新たな記事はまだ出ていない。遺体の身元が判明したり、容疑者が逮捕されたらマスコミが報じるはずだが、捜査はあまり進展していないということなのだろうか。

辺りを見渡しながら進んでゆく。この場所に遺体の断片が散乱していたのだ。新聞記事によると、遺体には刃物が使用された跡があり、木の幹に釘で固定されていたものもあったという。人為的な行為であることは明らかである。遺体の主は誰なのか。そして一体なぜ、バラバラに切断されて遺棄されたのか。

歩きながら、周回路の脇にそびえ立っている、立派な木々を見やる。この木の幹に、切断された遺体が打ち付けられていた。それも一人の人間を、四十片以上に切り分けて……。もちろん今は、何の痕跡もない。しかし、樹皮がめくれ、内皮が露出していたり、腐食している樹木を見ると、もしかしたら、ここに遺体の断片があったのではないかと思ってしまう。駆けつけた捜査官らは、さぞかし驚いただろう。第一発見者の釣り人も見たかもしれない。木の幹に切断された人間の肉が釘で打たれているのだ。

それも湖を取り囲むかのように点々と……。その光景を想像すると鳥肌が立つ。湖畔の道に立ち並ぶ木の幹に打ち付けられた人間の断片。血の気の失せた白い手、掌に打たれた釘、むき出しの白骨、臀部の切断面、獣に食い荒らされ内臓が飛び出た腹部、腐食した頭部、眼球を啄む鳥……。

想像していると気分が悪くなる。まるで地獄絵図のような惨状だ。犯人は何故、湖の周辺の木々に、バラバラにした遺体を飾るようなことをしたのか。まるで展覧会の作品のように。この事件の記事を最初に目にしたとき、私は身震いした。奈良県の辺境で起きた死体遺棄事件。さほど大きな記事ではなかった。だがその記事は、私が考えているある推論の、重要な手がかりになるのかもしれなかった。湖を取り囲む木々に釘で打ち付けられた遺体の断片。陰惨な殺人事件。もしや……。

そして今日、初めてその死体遺棄現場を訪れた。固唾を呑んで、湖畔沿いの周回路を歩く。湿気を含んだ生暖かい空気が、辺り一面に充満している。所々で立ち止まり、写真を撮りながら進んでゆく。灰色の湖に目をやる。風は穏やかで、ゆらゆらとさざ波だけが揺れている。

それから一時間ほどで、もとの場所に戻ってきた。「周回路」の道順を示す看板がある辺りだ。これで湖を一周したことになる。一・五キロメートルの距離。普通なら二十分前後で歩けるはずだ。だが途中で写真を撮るなどして、何度も立ち止まったので、思ったよりも時間がかかってしまった。腕時計を見ると、午後二時を回っている。そろそろ、ここを出なければならない。施設までは徒歩で二時間以上の距離がある。暗くなる前に戻りたかった。

入ってきたときの道を探す。だが周囲は樹木が生い茂り、ずっと同じような景色が続いていた。道の入口のようなものは見当たらない。迷ってしまったのだろうか。慌(あわ)てて辺りを見渡す。しばらく探していると、木々の間に、わずかに人が出入りできる空間が見えた。あの山道の入口である。ひとまず安堵(あんど)する。道に入ろうとして、ふと足を止めた。

立ち並ぶ木々の向こう側に、空地のような場所が見える。入ってきたときは気がつかなかった。思わず、奥を覗(のぞ)き込んだ。山道を外れた奥に、藪(やぶ)や雑草で覆われた広い荒地がある。そこだけ高い木は生えておらず、森林のなかにぽっかりと空いた空間のようになっていた。この土地は何なのだろうか。木々をかき分けて、奥に向かってゆく。

小さなグラウンドほどの、空地のような場所である。見渡す限り雑草以外何もなかった。しばらく空地のなかをうろうろする。木の根や倒木に足を取られ、何度か転びそうになる。

十分ほど歩き回るが、とくに何も見当たらなかった。ただの空地なのだろう。そう思い、踵を返して立ち去ろうとしたときだった。雑草の間から、何やら灰褐色の物体が見えた。

一瞬で血の気が引いた。

もしかしたら……あれは人骨なのかもしれない。あんな事件があった場所なのだ。発見されなかった遺体の一部が白骨化したものなのかもしれない。呼吸を整え、心を落ち着かせた。腰を屈め、両手で雑草をかき分ける。恐る恐る、地面にある物体を覗き込んだ。

物体は石の塊のようだ。人骨ではなかった。

ほっと胸をなで下ろす。

五十センチメートルほどの楕円形の大きな石――

よく見ると、表面に何やら文字が刻印されている。何かの石碑だろうか。手で表面の土を払い落とした。文字は漢字のようだが、風化していてよく分からない。取りあえずリュックからカメラを出して、何枚か写真を撮った。

それから湖を出て、山道を二時間ほど歩いた。

施設に戻ったのが五時過ぎである。一日中歩いていたので、もうくたくたである。夕食のとき、村人の一人にどこに行っていたかと聞かれたが、近くを散策していたなどと適当に返事をしておいた。酒内湖に行っていたことは、彼らに知られたくない。

食事が終わると、すぐに自分のロッジに戻った。肉体は疲れているが、頭ではまだ、事件現場を訪れたときの興奮が持続している。早速デジタルカメラを取り出し、ノートパソコンに接続した。今日撮った写真を、パソコンのハードディスクに保存する。

画面に映し出された酒内湖の風景――

日差しが届かない湖面。鬱蒼とした森。湖を取り囲む道。順路が示された看板。立ち並ぶ大木。樹皮がめくれ、剝き出しになった内皮。空地のなかで見つけた文字が刻印された石碑。胸の奥底から、ざわざわとした感情が湧き上がってくる。画面に出ているのは、取材用の風景写真なのだが、なにか見てはいけないものを目にしているような感覚がある。

写真の取り込みが終わると、今日の取材内容を原稿にまとめる。

その夜は、泥のように眠った。

六

「はい、じゃあこれどうぞ」

「ありがとうございます。助かります」

食堂でミチルが竹の皮で巻いた包みを手渡してくれた。なかには握り飯が入っている。昼食用にと、彼女が作ってくれたのだ。

「本当に申し訳ないです。キノミヤがいたら、バス停まで車でお送りできたのに。明日には配達から戻ってくるはずなんですけど」

「いえお気遣いなく。歩くのは趣味なんで。こういう山道を歩くのは結構楽しいんですよ」

「でも、三時間はかかりますよ」

「ご心配なく。体力には自信ありますから。あ、それと今日は一泊してきますので、申し訳ございませんが、夕食と明日の朝食はキャンセルということで」

「分かりました。食事係に伝えておきます。ではお気を付けて。お友達によろしく」

そう言うと彼女は、屈託なく笑った。

一旦ロッジに戻る。荷物を取って部屋を出た。広場に出ると、Tシャツ姿の男性が、薪割りを始めていた。この前話を聞いた、元商社マンのニシキオリである。

「佐竹さん、お出かけですか」

首にかけた手ぬぐいで汗を拭いながら、ニシキオリが言う。

「ええ、奈良に住んでいる友達がいるので、会いに行こうと思いまして。あれ、ニシキオリさんは配達に行かれないんですか」

「今日は担当ではないので、居残りです」

そう言うとニシキオリは、白い歯を見せて笑った。

彼と別れ、施設の外に向かう。傾斜になっている林を上り、林道沿いの駐車スペースに差し掛かった。配達に出たということなので、キノミヤの軽トラックや施設所有のバンはない。停まっているのは埃を被ったSUV車だけだ。

駐車スペースを通り抜け、木々に囲まれた山道を進んでゆく。この道を歩いて「すくいの村」を訪れたのは、二十日ほど前のことだ。そう言えばあのときは、突然雨が降ってきた。びしょ濡れになりながら、施設に駆け込んだ。歩きながら空を見上げる。雲一つない青空。今日は雨に降られることはなさそうだ。

汗だくになりながら、峠のバス停にたどり着いた。時刻は一時すぎ。三時間歩き続けたが、この前来たときより、心なしか距離は短く感じた。バスが来るまで、まだ少し時間がある。昼食用に作ってもらった握り飯を食べて、時間を潰すことにした。握り飯の具は漬物と麦味噌である。二十分ほどすると、路線バスがやって来た。時刻表通りである。それからバスを乗り継ぎ、私鉄駅のバスターミナルに到着する。

その駅から電車に乗って、奈良県のY市に向かった。午後四時すぎ、某駅で降車し、タクシーに飛び乗る。十五分ほどで目的地に着いた。タクシーを降りて、手帳を取り出す。手帳には、目的地の住所がメモしてある。住所を確認して歩き出した。

奈良郊外の古い家屋の並ぶ住宅地である。立ち並ぶ家々の向こうに、霞がかった山並みが見える。奈良と大阪、京都の県境に連なる生駒山地だ。主峰の生駒山は霊峰として知られ、その名は日本書紀にも登場している。手帳を手に住宅街を歩き、ある一軒の木造住宅の前で立ち止まった。木塀に囲まれた趣のある家だ。塀の向こうには立派な松の木があり、見事な枝振りを誇示している。表札を見て、ここが目的地であることを確認する。玄関ブザーを押した。

ガラス戸が開き、人が出てきた。総白髪の男性である。年齢は七十を越えているだろうか。好々爺という表現がぴったりの人物だ。取材で来た旨を話し挨拶すると、関西なまりで言う。

「お待ちしておりました。まあどうぞ、お上がりください」

男性に案内され、家のなかに入る。玄関を上がり、座敷に通された。ここに来る途中で買ってきた手土産の和菓子を差し出す。出されたお茶を飲みながら、少し世間話をする。そして本題に入った。

「それで、見ていただきたいのは、こちらの画像なんですけど」

デジタルカメラを差し出す。画面には、先日酒内湖で撮影した石碑の写真が表示されている。カメラを受け取ると、男性は老眼鏡をかけて、皺だらけの顔を画面に寄せる。男性の名は小野田犬彦という。奈良県の地史に詳しい研究者であり、かつては複数の大学で教鞭を執っていた。酒内湖を訪れた翌日、私は管轄の役所に電話して、石碑のことを訊いた。役所ではよく分からないと言うので、その土地の歴史に詳しいという小野田を紹介してもらったのだ。

「電話でお話しした、酒内湖の近くの空地で見つけたものです。先生は、これが何かお分かりになりますか？」

小野田は興味深そうな顔で、デジタルカメラの画面を覗き込んでいる。しばらくすると口を開いた。

「これはお墓と言われておりますな。呪禁師の墓」

「呪禁師？」

「呪禁師というのは、奈良時代より前に伝わった呪禁道のまじない師のことやそうです。呪禁道とは、中国や朝鮮半島からもたらされた呪詛法で、呪術によって病気や災難の原因たる邪気を祓うというまじないの一つですな。当時の国家も呪禁道を取り入れ、『典薬寮』という機関を作って、そこに呪禁師を所属させていました。でもこの呪禁師たちが天皇や貴族らを呪い、国家に反逆しているという噂が立ちはじめ、弾圧を受けるようになったんです。その背景には、当時日本に入ってきたばかりの陰陽道の台頭が関係しているという説もあります。陰陽道が呪禁道を追いやったというわけですな。それで呪禁道は禁止され、呪禁師らは処罰され追放されてしもたんです。だから呪禁道についての記録はあまり残っておらず、詳しいことは分かっていないんです」

「ではなぜ、あの空地に呪禁師の墓があるんですか。あの土地は呪禁師と何か関係があるということなんでしょうか」

「一説によると、あの土地は追放された呪禁師らが逃げ延びた場所やと言われています。でも、それも本当かどうかは定かではありません。それを示す記録は一切残っておりませんので。確かにこの石は、呪禁師の墓と呼ばれていますが、本当に呪禁師を弔ったものかどうかは分かりません。石碑自体も古代のものやなくて、明治以降に建てられたようですから」

「じゃあ、この石碑は一体誰が作ったんでしょうか」

「昭和のはじめ頃まで、酒内湖畔一帯には村落があったんですわ。酒内村(しゅないむら)と言います。この石碑は、酒内村の村人が建てたんやと思います。彼らは呪禁師の末裔(まつえい)で、そこに隠れて呪術を行っているという伝承がありました。一説によると、酒内湖畔一帯は古代祭祀(さいし)が行われていた原始信仰の地で、そこに逃げてきた呪禁師が加わり、独自の呪術体系を形成していたとも言います」

「古代祭祀ですか」

「ご興味ありますか」

小野田は嬉(うれ)しそうに言う。

「はい。今取材していることに関係があるかもしれませんので」

「ほんだら、ちょっと待っていて下さい」

そう言うと彼は立ち上がり、部屋を出て行った。

十分ほどで小野田は戻ってくる。手にしていた本を、黒光りする座敷机の上に置いた。持ってきた本は学術雑誌のようだ。表紙は色あせている。

「古い本やけど、酒内村に関しての記録が掲載されています。どうぞ、ご覧下さい」
すぐさま学術雑誌を手に取った。表紙には太い明朝体(みんちょうたい)で『地史研究(ちしけんきゅう)』と記されている。小野田に教えられたページをめくると、酒内村に関する記述があった。昭和五十年ごろに書かれた論文である。

「呪禁(じゅごん)の村と百年祭　旧酒内村(しゅないむら)に関する調査と研究」

加賀峯朗(かがみねろう)（民俗学博士）

序

かつて現在の奈良県東南部、三重県との県境近くの山間に酒内村という村落があった。昭和初期に廃村となり、現在居住者は存在しない。酒内村は、奈良時代以前より続いていたという歴史のある村で、文化的価値は高いとされていた。だが廃村に伴い、その実態を記した資料や記録はほとんどが破棄されており、江戸時代の地誌に僅(わず)かな記述が見られるのみである。そういった理由から、酒内村に関してはこれまで研究はあまり行われていなかった。そこで今回、廃村当時の戸籍を調べ、存命する当時の村人たちへの聞き取り調査を実施することにした。結果として、多くの貴重な情報を得ることとなり、今まで不明とされていた酒内村について詳しく知ることができた。以下の記述は、それらの情報をもとに、酒内村の実態を考察したものである。

Ⅰ．地勢

酒内村があった場所は、奈良市より約八十キロ東南、奈良と三重をつなぐ瑞江古道(みずえこどう)近くの酒内湖(しゅないこ)畔(はん)である。酒内湖は総面積九ヘクタールの小型の湖。アユやフナ、コイ、ナマズなどが生息し、多くの水鳥も飛来する。湖底が浅いためコケやシダ類の水生植物が広範囲に亘(わた)り繁茂しており、水質の濁度は高い。酒内湖という名前は、〝にごり酒〟のように湖水が澱(よど)んでいるからそう名づけられたという説がある。地元の民話には、湖から酒が湧き出ていたという伝承も残されている。酒内村という村名も、湖名にちなんで命名されたというが、これには異説があり、それについては後述する。湖は、約一五〇〇メートルの道に取り囲まれ、一周することが出来る。酒内村の集落は、湖の北側に存在した。

Ⅱ．生活のようす

人口に関しては、現存する資料が乏しく、正確な数は分かっていない。前述の聞き取り調査によると、廃村当時は十二世帯、五十名ほどの村民がいたようだ。集落としては小規模で、耕作や鮎漁（あゆりょう）などを中心に生計を立てていた。村に入る目印は、瑞江古道沿いにある祠と地蔵尊だが、これは明治以降に作られたものだという。この古道と湖の間の土地に、酒内村の集落があった。現地に赴いてみると、現在も家屋が数軒、廃墟（はいきょ）として現存していることが確認できた。

酒内湖を周回する道は、霊験あらたかな場所として崇（あが）められていた。湖を取り囲む森の木々には神が宿るとされ、村人たちは、朝夕に湖を一周するという巡礼を日課としていたという。その場合、順路が定められており、入口から湖を中心に右回り。つまり時計回りの方向に進まなければならなかった。禁を破ると災いが起こるというのだ。江戸時代の地誌にも、そのことについての記述がある。

「ならの酒内湖には、神が宿るといふ道がある。東、南、西、北と行道（ぎょうどう）のごとく巡らねば、祟（たた）りが起きるといふおそろしき道なり」

（『奈良風土記（ならふどき）』）

行道とは、僧侶が読経しながら仏像や仏堂の周囲を右回りに巡ることである。今回の聞き取り調査でも、少年時代にふざけて順路と逆に回ったという人がいた。そのことが知られると、親たちの血相は変わり、激しく叱責されたという。このように、村内では順路の逆回りは固く禁じられていた。

Ⅲ．歴史

古代より、この地域では山岳信仰の宗教的儀式が行われていたという伝承があった。大自然を神と崇め、シャーマン（宗教的職能者）を介して神や霊魂と直接交流する原始宗教である。この場合、日本の多くの事例と同じく、シャーマンは巫女であり、女性を中心とした宗教集団が形成されていたのではないかという推察が成り立つ。現地を調査してみると、集落から南東二キロメートルに位置する森林地帯に、石が積み上げられた祭祀場の遺跡と思しき場所があった。

奈良時代末期、この土地に朝廷から迫害を受けた呪禁師が逃げ延びてきたという伝承がある。呪禁師とは、呪禁道を司る呪術者のことだ。呪禁道とは、道教（注・中国三大宗教の一つ）に由来し、呪術によって病気や災難の原因となる邪気を祓うまじないの一種である。奈良時代より前の敏達天皇六年（五七七年）、朝鮮の百済王が僧尼や仏師、寺大工らとともに、呪禁師を朝廷に献上したのが、日本での呪禁道の始まりだという。以来、病気治療や安産のために欠かせないものとされ、当時の政府は「典薬寮」と呼ばれる呪禁師の機関を設け、呪禁道を積極的に取り入れていた。だが奈良時代末期、呪禁師は国家に反逆していると危険視されるようになり、陰陽道を支持する官僚たちは詐道（さどう）として糾弾した。もともと呪禁師は、「呪」を「禁」じるとして、朝廷や貴族らを災いや病から防御する役割を担（にな）っていた。その呪術的な力を悪用し、朝廷に呪いを掛けたと疑われ、弾圧されるようになったのだ。その後呪禁道は廃止され、律令（りつりょう）政治の歴史から姿を消してしまう。

そして、迫害された呪禁師らがこの酒内村にたどり着き、隠れ住んでいたのではないかというのである。ただし、これはあくまでも伝承にすぎない。呪禁師がこの村にいたという、実証的な証拠は何一つ残っていないからである。集落の敷地の中には、「呪禁師の墓」という石碑がある。背面に文字が刻印されていたが、ほとんどが劣化して判別できない状態だった。聞き取り調査によると、その文字はこの地で命を落とした呪禁師への祈禱（きとう）文だという。この石碑が、呪禁師がこの村にいたことを示す痕跡になるのかもしれないが、今回の調査で、この石碑は明治以降に建立（こんりゅう）されたものだということが分かった。古道沿いにある祠や地蔵と同じ頃に建てられたようだ。残念なことに、近代以降のものであれば、呪禁師が存在していたという証拠にはならない。前掲の地誌などにも酒内村と呪禁師のつながりを示す記述はなく、呪禁師の末裔の村であるという話は、伝承や言い伝えの中に姿を残すのみである。

Ⅳ．呪術

今回の調査では、呪禁道との直接的な関連を示す証拠を見出すことはできなかった。ただし、この村が「呪詛の村」として知られていたことは間違いないようだ。以下の文献にも、それについての記述が残されている。

「酒内村は呪詛の村なり。恨み抱きしもの多く来たりて、呪ひまじなひ乞ふなり。呪文、厭魅、蠱毒、あまたの呪法を用ひて命取る」（前掲）

酒内村には、恨みを抱いていた者が多く訪れ、呪術による復讐が行われていたというのだ。その力は強大で、相手を呪い殺すようなこともあったとの言い伝えがある。彼らに呪われると、逃れることはできず、その相手は突然病に冒されたり、不慮の事故に遭って命を落としたという。

一体彼らが、どのような方法で呪詛行為を行っていたかは定かではない。前掲の文献には「あまたの呪法」と記されている。もともと酒内村があった地域は、古代から山岳信仰の儀式が盛んに行われていた一帯だった。そこに、外来の呪詛法が導入され、呪術的な発展を遂げたのではないかという推測は成り立つ。文献に記述されている「厭魅」とは、中国から伝わった、相手を人形に見立てて行う呪詛法のことである。「蠱毒」も中国から伝来した、毒虫や爬虫類（はちゅうるい）を操り、相手を死に至らしめる呪術のことだ。呪禁師らは、蠱毒の技術に長（た）けていたといわれている。酒内村と呪禁師の関連を示唆（しさ）する、興味深い事実である。

V．祭祀

今回、酒内村の極めて興味深い文化的祭祀についても詳しく調査することにした。もともとはシャーマンである巫女を中心とした原始信仰の地であることは前述の通りである。それが呪禁道のような外来の呪詛法などと交わり、独自の文化に発展したと考えられる。酒内村の文化的祭祀の特異性を示すものは、やはり百年祭（ひゃくねんさい）であろう。江戸後期の文書には、このような記述がある。

「酒内に百年ごとに講じられる秘祭あり。いにしへからつづく呪ひの供犠なり。見るべからず。話すべからず」

（『西国拾遺』）

酒内村では、百年ごとに行われるという儀式があった。村人たちからは百年祭と呼ばれ、古より伝わる厳粛な儀式であるという。ただし、百年祭がどのようなものであったかは、現存する資料が無いため、明らかになっていない。村人への聞き取り調査においても、百年祭の存在については認めたが、実際に参加したという人の証言は得られなかった。儀式の内容に関しても、詳しく答えてくれた人は皆無に等しい状況である。百年祭は村人たちに知られないように、実行されていたということなのだろうか。それとも文献にもあるように、「見るべからず。話すべからず」と神の祟りを恐れて口を閉ざしているのか。

いずれにせよ、村人たちへの調査では、百年祭についての十分な情報を得ることはできなかった。そこで近隣の村などに足を運び、その村の古老や民間伝承に詳しい人を訪ね歩き、調査を続行した。そして口伝えの伝承として残されていた、百年祭という呪祭の実態について窺い知ることが出来た。以下の項目はそれをまとめたものである。

【百年祭】

a．様態

巫女が依代（神霊が依り憑く対象物）となって交信する、古代シャーマニズム形態。大自然における森羅万象全てを神と崇め、次の百年の豊穣と安寧を願う。儀式の起源は定かではないが、古代より執り行われ、百年ごとに途切れることなく続いているという。百年祭を行わなければ、国が滅ぶと信じられていた。酒内村の集落自体も、この百年祭を行うために集められた呪術者たちによって、自然発生的に形成されたものではないかという説もある。また百年ごとの定められた年以外は、絶対に儀式を行ってはならないとされていた。

b．時期

儀式を行うのは秋の収穫が終わったころ。新月の日が選ばれる。

c．呪術者

神と交わり祭祀を司る巫女は、その家系の血筋の者でなければならないとされた。それを助ける宮司はそれに限らない。ただし宮司の地位を得るためには襲名する必要がある。

d．呪詛

儀式を実行するためには、呪いの力が不可欠であるとされた。呪術者らが、恨みを持つ者から呪詛を請け負っていたのも、この百年祭のためであるという。大いなる神の怒りを鎮めるためには、相手を激しく呪い、復讐したいという強大な思念が必要だと信じられていたのだ。呪術者らは、集まった多くの人々の呪いの力を吸い上げて、百年祭を執り行っていた。こうして百年ごとに儀式を絶やさず行えば、呪術的な力を保持することが出来る。そして儀式後にはさらなる神の力を得て、依頼された呪詛行為に活用していたのではないかという。

e．供犠

贄（神に奉る供物）として、「選ばれしもの」が捧げられた。いわゆる人身御供の風習があったという。贄の条件は、村の出生者ではない者。肉体に著しい欠損や病などがないこと。呪術者である巫女を崇拝し、心を託す者。過去に恐ろしい罪を犯し、良心の呵責(かしゃく)にあえぐ者（この場合、人殺しが好ましい）とされた。

f．儀式

儀式が行われる六日前に、巫女は集落にある社に籠(こ)もり祈禱を始める。その際、巫女の許しがあるまでは、何人たりとも中を覗いてはならないとされていた。麻薬や呪術によって眠らされた贄の身体(からだ)は生きたまま、四十九体に分割される。分割の順番にも厳格な決まりがあるという。

新月の夜、儀式は敢行される。巫女は宮司とともに社を出て、供犠（四十九体に分割された贄の肉体）を携えた従者らと合流。宮司が鐘を鳴らしながら、行列を成して集落を出て、酒内湖を取り囲む霊道に入る。巫女は祈禱しながら霊道を一周する。後に続く従者らは、切断した贄の肉体を手首から順に、腕、脚、肩、胸、腹、耳、生殖器、頭……と、湖の周囲に立つ四十九の神木に捧げてゆく。かつては木の幹に供犠を縄で括(くく)り付けていたというが、江戸時代からは釘で固定されるようになった。

さらに儀式の際は、必ず守らなければならない掟(おきて)があったという。儀式の日だけは、行列が進む方向は、湖を中心にして左回り。つまり順路の逆に向かって歩かなければならなかった。いわゆる逆打ち(さかうち)である。百年に一度のこの日だけは、時計とは逆の方向に回ると定められていた。

こうして巫女と宮司らの列は湖の霊道を逆打ちして巡り、百年祭は終わりを告げる。そして彼らは世代をつなぎ、新たなる百年を託すのだという。

VI・研究

このように酒内村の百年祭は、極めて独自な祭祀文化の形態を有していた可能性があることが分かった。ただし、これはあくまでも地域に口伝えに残された伝承をもとにしたものであり、現実にこのような儀式が行われていたのかどうかは慎重に捉(とら)えるべきだ。今後の調査により実証していかなければならないであろう。

この中で注目すべき点は、人身御供についてである。日本では古くから、生贄を神に奉っていたという伝承が数多く残されている。近畿地方の農耕儀式では、米などの作物で人形(ひとがた)を作って、それを神に供えることがある。これらはもともと人身御供の風習があって、その代替として人形を供えているという言い伝えがある。

代表的な例としては、奈良・倭文(しずり)神社の蛇祭(じゃまつり)であろう。蛇祭では毎年、海山や田の恵みで形作られた、十二体の人形が供えられる。それらは「御穀盛（ごこくもり）」または「ヒトミゴク」と呼ばれているのだ。また大阪・八尾市の恩智（おんち）神社の御供所（ごくしょ）神事では、本祭の日に、米で作った団子のような神饌（しんせん）を山盛りにして、神前に供える。それらの神饌は、組み合わせると人の形になるのだ。かつて行われていた人身御供の代わりに、このような人形を供えるようになったという。つまり米で作った神饌というのは、バラバラにした人の身体に見立てたものなのである。

生贄を分割して神に捧げるという儀式は、酒内村の百年祭を想起させる。酒内村の場合は、生贄を四十九体に切り分けるのだが、その理由に関しては定かではない。四十九という数字は、仏教の中陰法要（ちゅういんほうよう）を想起させる。中陰法要とは、死亡してから七週間（四十九日）後に行われる、いわゆる「四十九日（しじゅうくにち）」という仏事である。地方によっては四十九個の餅（もち）を供えるという風習があり、これらの餅は、前述の御供所神事の神饌と同じく、人間の骨や肉を表しているという。このような風習は、古代インドのバラモン教に由来していると言われており、百年祭の遺体の分割数と合致しているのは、決して偶然ではあるまい。

古代では、実際に行われていた人身御供という残酷な風習。ある意味、生きている人間を神に捧げるという行為は、究極の供犠と言えよう。命あるものが死を目前にしてもだえ苦しむ時、人はそこに神を幻視する。生贄を暴力的に殺すことで、神との一体感を実感するというのだ。しかし、仏教の伝来などで人々の間に道徳意識が芽生え、日本では人身御供という残酷な習俗は途絶えていった。

だが今回の調査では、酒内村では人身御供の風習が途切れることなく、近代まで続けられていたのではないかという証言が得られた。これは非常に興味深い事実である。人の形を模した餅ではなく、酒内村では人間をバラバラにして、神に捧げていたというのだ。酒内村の周辺では、神隠しのように人が失踪すると、百年祭の生贄にされたのではないかとの噂があったという話も聞くことができた。野蛮な風習として、人形を人に見立てるなどして、形を変えていった人身御供の儀式。だが酒内村の百年祭では、それが途絶えることなくひっそりと行われていたかもしれないのだ。神と交合し、その怒りを鎮めるためには、百年に一度の生贄は必要不可欠だったということなのだろうか。

そして、もう一つ言及しておきたいのは、儀式の時の「逆打ち」についてである。「逆打ち」というとよく知られているのは、弘法大師ゆかりの四国八十八箇所の霊場を巡礼する「お遍路」であろう。本来は、弘法大師が巡礼した通り、時計回りに巡る「順打ち」が基本とされているのだが、四年に一度の閏年だけは「逆打ち」すると三倍の功徳があるという伝承が存在する。

かつて弘法大師に悪行を働いた伊予の長者が、許しを得ようとお遍路の旅に出ることにした。しかし何度巡っても一向に大師に会うことは出来ない。そこで「逆打ち」を思いつく。順路を逆に回れば、大師に出会えるかもしれないと考えたのだ。しかし、逆方向の道順は「順打ち」に比べてかなり険しく、厳しい道のりだった。長者はお遍路の途中で倒れてしまう。だが、そこに弘法大師が現れ、全てを許された。その年が閏年であったため、閏年に「逆打ち」すると、弘法大師に会えるという言い伝えが生まれた。

さらに福井県・東尋坊の沖にある雄島という無人島には、逆回りを禁じる言い伝えがある。雄島は、古代より海上守護の神を祀る大湊神社を有し、神の島として崇められていた。島内を巡礼する際は「時計回り」と定められており、それに逆らうと「非礼行為」として災いが起こるという伝説がある。

逆さまの風習は我々の身近にも存在している。葬儀の際、枕屏風を逆さにして飾ったり、死装束は通常とは逆の「左前に着せる」という風習がある。これは「逆さ事」といって、死後の世界と、生の世界を隔絶するためだという。死後の世界は、この世とあべこべになっていると信じられてきた。「逆さ事」の風習は、生の世界の秩序とは逆転した、死の世界への旅立ちを表象している。

酒内村の百年祭においては、なぜ「逆打ち」が行われていたかは現時点では不明である。だが、そこには四国の霊場巡りや雄島の時計回り、葬儀の際の「逆さ事」のように、何らかの宗教的事由があることは、容易に想像することができる。百年に一度だけ、順路の逆を回り、禁忌を犯すことで結界は破られる。現世の秩序は逆転し、神の住む領域に立ち入ることが可能となるのだ。そのことから、「逆打ち」は、百年祭に仕掛けたまじないのようなものだったのではないかという推測が成り立つ。神の力を借りて、酒内村の力を持続させるための呪法なのだ。

ここで注目すべきは、酒内村という村名の由来である。前章（「I．地勢」参照）では、酒内湖という湖名にちなんで命名されたという説を紹介した。だが今回の調査では、それは逆で、酒内村という村名から、酒内湖という名前がついたという説があることが分かった。また酒内村は「しゅないむら」ではなく、もともとは「さかうちむら」と呼ばれていたという証言もあった。百年に一度、「逆打ち」が行われるので「さかうちむら」なのだ。それに「酒内村」という漢字が充てられ、やがて「しゅないむら」と読まれるようになったという。酒内村の百年祭は秘祭という特色があるため、それを隠すために別の読み方をするようになったのではないかというのだ。真偽のほどは定かではないが、興味深い説なので、ここに記しておく。
　また今回の調査で、もう一つ新たな証言を得ることができた。復讐相手や百年祭の生贄以外は、村人による殺害行為は固く禁じられていた。無益な殺生（せっしょう）は神の逆鱗に触れるとして厳罰に処されたというのだ。厳格な掟の下で、復讐行為や百年祭は執り行われていたのである。

　まとめ
　旧酒内村は特有の文化的発展を遂げていたことが分かった。呪禁道との関係性や百年祭については、今後も調査を続けていきたいと考えている。最後に触れておかなければならないのは、百年祭がいつごろまで行われていたかということだ。今の所、それを推し量る資料等の手がかりは見つかっていない。今回の聞き取り調査においても、かつての村人の中で、儀式に参加したという人はいなかった。「他言してはいけない」という規則を忠実に守っているのかもしれないが、百年に一度の祭なので、時期が合わなければ、体験できない人もいるだろう。今回話を聞いた元村人らは五十代から七十代だった。廃村当時、子供だったものも多く、百年祭を体験することなく、村を出た可能性もある。

村が消えた理由は分からないが、もしかしたら、百年祭が大きく関係しているのではないか。廃村となったのは昭和の初めごろのことだ。日本は軍国主義に傾倒し、政府当局が国民を厳しく統制しようとしていた。酒内村も政府当局から、人身御供を行うような危険な集団と目を付けられ、廃村に追いやられた。その可能性は考えられる。

それでは、最後に百年祭が行われたのはいつだろうか。廃村の寸前だったのか。それよりもずっと前だったのか。明治のころなのか。大正時代だったのか。そして次の百年祭は、いつ実行する予定だったのだろうか。残念ながら、現時点ではそれを特定することは困難と言えよう。

以上が今回の調査で判明した、奈良県の山間（やまあい）にあった旧酒内村に関する研究報告である。今後も更なる調査を続け、不明の論題を明らかにしていきたい。

（一九七七年五月）

七

煙が立ちこめてきた。肉が焼ける香りが食欲をそそる。ミチルがトングで焼けた肉や野菜を取り、村人らに配っていた。私はサクラヅカと、もっぱら肉を焼く係だ。

今日は天気がよかったので、外でバーベキューをすることになった。明るいうちから広場に集まり、食材を焼き始める。クーラーボックスを抱えたユウナギとミカジリの女性二人が、共用棟から出てきた。缶ビールやペットボトルを取り出して、村人らに配り始める。キノミヤが一同の前に立ち、言葉をかける。

「それではそろそろ始めたいと思います。では早速、ニシキオリさんどうぞ」

奥にいたニシキオリが前に出てきた。緊張した面持ちで村人らを見渡して言う。

「長らくお世話になりました。この度、この村を卒業することになりました」

彼の言葉に、一斉に拍手が湧(わ)く。ニシキオリの彫りの深い顔が綻(ほころ)んだ。

「やっと、次の人生に歩み出す決意が固まったんです。皆さまのおかげで、希望を取り戻すことができました……」

感極まり、声を詰まらせるニシキオリ。彼の目に涙が浮かび上がっている。

「これから自分に何ができるか分からないですが、前を向いて頑張って行こうという気持ちになれました。これも皆、キノミヤさんやこの施設の方々のお陰です。この村で経験したことは、一生忘れることはないでしょう。こんな私によくして頂いて、みなさんにはどんなに感謝してもしきれません。一日も早く、みなさんにも新しい人生を歩き出す日が来るのを願っています。本当にありがとうございました」

ニシキオリが深々と頭を下げると、村人たちが拍手した。彼らのなかには、洟をすすり、泣いているものもいる。鉄板を囲んで、ニシキオリの送別会が始まった。和気藹々と、肉を頬張りながら会話する村人たち。ニシキオリを中心に、ビール片手に談笑を続けている。彼らの様子を観察しながら肉を焼いていると、キノミヤが声をかけてきた。

「そろそろ交替しましょう。佐竹さんもどうぞ食べて下さい」

「いえ、大丈夫です。こういうの好きなので」

「ご遠慮なさらず」

そう言うとキノミヤは、近くにあったトングを取り、焼けた肉を皿の上に載せた。

「どうぞ」と私に差し出す。

「ありがとうございます。ではお言葉に甘えて」

割り箸を取って、肉を食べた。すると、肉を焼きながらキノミヤが言う。

「それでどうでした。お友達とは会えましたか」

「ええ、もちろん。とても元気でしたよ」

「そうですか。それはよかった」

キノミヤは満面の笑みを浮かべた。

午後九時すぎ、バーベキューが終了する。片付けを手伝ってロッジに戻った。

今は一人、部屋でこの記事を書いている。郷土史家の小野田氏のお宅にお邪魔したのは、一昨日のことだ。その日は、奈良市内のビジネスホテルに一泊して、昨日の夕方に施設に戻ってきた。

バッグから、透明ファイルに入れた資料を取り出す。小野田氏が所蔵していた『地史研究』のコピーである。該当記事の部分だけ、近くのコンビニエンスストアーに行って、写させてもらった。

『呪禁の村と百年祭　旧酒内村に関する調査と研究』

資料の至る所に、付箋を貼り、赤ペンで書き込みをした。あれから何度も読み返しているのだ。それにしても、初めてこの学術記事を読んだときは言葉を失った。

記事に書かれていた酒内村の百年祭。生贄の身体を四十九個に切断し、湖の畔の大木に釘で打ち付けてゆく儀式。その百年祭の様態が、半年前に酒内湖で発覚した死体遺棄事件と酷似していたからだ。ということは、酒内湖畔で発見されたバラバラ遺体は、百年祭の生贄だった……。つまり去年、あの場所で百年祭が執り行われたのだ。だが、記事によると昭和の初めごろに、酒内村は消滅している。もし去年、百年祭が執り行われていたとしたら、一体誰が実行したのだろうか。生贄をバラバラに切断して、神に供えるという祭を……。常軌を逸している。

記事を読んで、驚いたのはそれだけではない。酒内村に関しての記述が、インターネット上にあった「すくいの村」についての噂と、見事に合致したからだ。一体それはどういうことなのか。

まずは以下の引用を見てもらいたい。インターネットの掲示板やSNS上に拡散した「すくいの村」に関する書き込みである。

> あなたには殺したい人はいますか。「すくいの村」って知っていますか？　呪いで相手を殺してくれる集団だそうです。表向きはリハビリ保養所って感じですけど。

> 「すくいの村」は呪いの集団。呪いで人殺しを請け負ってくれる。

人を殺しても捕まらない方法、知りたくありませんか？　奈良県の山奥にある「すくいの村」っていう集団。人を呪い殺すことができるそうです。呪いで人を殺すので、絶対に捕まりませんよ。

すくいの村は「ろろるの村」。決してその謎を解いてはいけない。

「すくいの村」はやばい。絶対に関わらない方がいいよ。あいつらはみんな狂っているから。実際に殺人事件にも関与しているらしい。

インターネット上で囁かれている「すくいの村」の噂の数々。他にも同様の書き込みが多数あった。情報を整理すると、次のようになる。

「奈良県の山奥に存在する」
「民間の自己啓発セミナーのようだが、実態は狂信的な集団である」
「彼らは呪いが実在すると信じている」
「恨みを持つ人を集め、呪いによる復讐を請け負っている」
「実際に、彼らに呪われて死んだ人がいる」

これらの書き込みを最初に目にしたときは、胡散臭い都市伝説の類ではないかと思っていた。だが半年前、酒内湖の死体遺棄事件を報じる記事を読んで、事件現場と「すくいの村」は、さほど離れていないことに気がついたのだ。死体遺棄現場と十キロも離れていない「すくいの村」。もちろん、二つの間に明確なつながりはない。施設が事件と関係しているという証拠も何一つなかった。だが、私はどうしても「すくいの村」が事件と無関係とは思えなかったのだ。バラバラ事件と狂信的な集団。絶対に何か、関係しているに違いない。

一九七二年、あさま山荘に立て籠もった連合赤軍は、「総括」と称してリンチ殺人を繰り返していた。一九九五年の地下鉄サリン事件でも、無差別テロを実行したオウム真理教は、弁護士一家殺害事件（一九八九年）や公証役場事務長拉致監禁致死事件（一九九五年）などの殺人事件を相次いで起こしている。閉鎖的なカルト集団と陰惨な事件。「すくいの村」と酒内湖のバラバラ事件の間にも、何か接点のようなものがあるに違いないと思った。もしかしたら酒内湖の遺体は「すくいの村」の関係者の誰かなのかもしれない。集団のなかでいざこざがあり、見せしめの如く処刑されたのだ。もしくは彼らが依頼を請け負い「呪い」で殺したという誰かの遺体なのかもしれない。いずれにせよ「すくいの村」と死体遺棄事件が関連している可能性は高い。本当に彼らは狂信的な集団なのか。呪いで人を殺しているというが、その実態は何なのか。酒内湖の事件と、施設の間にはどんなつながりがあるのか。もしあるとしたら、一体どのような経緯で事件は起こったのか。切断された遺体の主は誰なのか。そして犯人は何者なのか。そんな疑念を抱いて、この村にやって来たのだ。

　だが実際に訪れてみると、拍子抜けした。カルト集団のような怪しげな雰囲気は皆無だったからだ。そこで出会ったのは、主宰者のキノミヤをはじめとする、穏やかな人々だった。心の傷を癒やし合う村人たち。保養所のような長閑な雰囲気。私が見たのは、平穏で牧歌的な共同体にすぎなかった。本当に彼らは狂信的な集団なのか。もしかしたら、私の疑惑は思い過ごしなのではないか。

しかし村人たちの話を聞くうちに、次第にその考えを改めるようになった。心に傷を負ってこの村にやって来たという人々。彼らにはある一つの共通点があった。それは、必ず誰かを恨んでいるということである。食品関係の会社経営者だったシンギョウジは、友人に会社を乗っ取られたと言っていた。平凡な家庭の主婦だったサクラヅカは、いわれなき虐待の罪を被せられ、夫と不倫相手に子供を奪われた。ユウナギは、同棲相手からDVを受け、何度も堕胎を強要された揚げ句、ぼろ布のように捨てられた。商社マンだったニシキオリは、目を掛けていた部下からパワハラを訴えられ会社を追われた。ミカジリは元カレに裸の写真をインターネットに晒され、教師の職を辞している。ほかの村人たちも皆そうだった。彼らには必ず、激しく恨みを持つ、憎悪の対象者が存在するのだ。心の救済を求めて施設に来たという村人たち。表面的には、社会生活に疲れた弱者を装っているが、心のなかは、憎悪で満ちあふれていた。

そのことに気がつくと、あのインターネットの書き込みが信憑性を帯びてきたのである。「すくいの村」は狂信的な集団で、呪いで人を殺している……。

呪いによる殺人——

もちろん呪いによって、人が殺せるとは思っていない。しかし、インターネットの噂が本当だとしたら、ここに集まってきている人々は信じているはずなのだ。呪術による殺人が可能だということを。彼らは妄信的にそれを願い、じっと待ち続けているのではないか。時間が止まっているかのようなこの深い森のなかで、自分を絶望の淵に追いやった憎むべき相手が、みじめに呪い殺される日のことを……。

だが今の所、彼らが呪術のようなことを行っている様子は一切ない。呪いに使うような場所や道具も目にしたことはなかった。彼らとの会話でも、そういったことを想起させるような言葉は皆無に等しかった。どこかでひっそりと集まり、呪術的な儀式を行っているのだろうか。未だ、確証は得られていない。

そんななか、この学術記事にたどり着いたのだ。改めて、手にしている資料のコピーに目をやる。昭和初期に消えた酒内村を調査した記事。私はこれを見て慄然とした。「呪詛の村」「呪術による復讐」「相手を呪い殺すこともあった」。かつて酒内村では、呪術を使い、殺害行為を請け負っていたという。それはまさしく、インターネットの「すくいの村」に関する噂と合致していたからだ。酒内村の伝承と「すくいの村」のインターネットの噂。百年祭の生贄の儀式と半年前の死体遺棄事件。この記事によって、頭のなかで混沌としていた事象がつながっていった。

酒内湖のバラバラ遺体が、百年祭の生贄だとしたら、一体誰が儀式を行ったのだろう。やはり最も可能性があるのは、「すくいの村」の人々である。だがもしそうだとしたら、一体なぜ彼らが百年祭を行ったのか。その理由が知りたい。酒内村と「すくいの村」はどう関係しているのか。彼らが何故、禁じられた百年祭を復活させたのか。そして生贄になったのは誰なのか。

実はこの前、研究者の小野田の自宅を訪れた際、ある興味深い事実を聞いた。ちょうど事件があったころ、私服の警察官が家に来て、同じように酒内村の記事を見ていったというのだ。警察も、事件と百年祭の類似を認識しているということである。だがそれ以降、小野田に警察からの連絡はなく、捜査が進展したという記事も出ていなかった。これは一体どういうことなのか。奈良県の辺境の地で起きた死体遺棄事件である。警察は事件としてさほど重要視していないのだろうか。事件を報じる記事も小さなものだった。本腰を入れて捜査していないのかもしれない。

それともう一つ、気になることを聞いた。警察が来る前にも、小野田のもとに、酒内村について調査しているという人物の来宅があったというのだ。彼の記憶によると、それは半年前の死体遺棄事件よりも前のことで、私と同じくルポライターを名乗っており、その人物は、『地史研究』の記事を食い入るように読んでいたそうだ。当時小野田は、『地史研究』を二冊所蔵していたため、一冊をその人物に貸与した。返却はまだされていないとのことだ。その人物は誰なのか。名刺をもらったので、氏名と連絡先は分かるはずだという。分かり次第、小野田から連絡をもらうことになっている。

いずれにせよ、おおよそパズルのピースは揃った。後はそれを組み合わせていくだけだ。今後もしばらくは、この施設に滞在して彼らの動向を探っていこうと考えている。死体遺棄事件が何故起こったのか。その顚末を明らかにしたい。

もちろん慎重に行動しなければならない。彼らがインターネットの噂通り、危険な集団であるならば、身の安全も十二分に考慮して取材する必要がある。最悪の場合は、殺されてしまうかもしれない。

だが一つ安心材料があるとしたら、去年、百年祭が行われた可能性があるということだ。伝承によると、

「百年ごとの定められた年以外は、絶対に儀式を行ってはならない」

（『地史研究　呪禁の村と百年祭』加賀峯朗・傍点筆者）


という掟がある。去年儀式が行われたとしたら、あと九十九年は人殺しをする必要

はないはずなのだ。だから万が一にでも、自分が生贄に選ばれることはあり得ない。
さらに『地史研究』にはこう記されていた。

「復讐相手や百年祭の生贄以外は、村人による殺害行為は固く禁じられていた。無益な殺生は神の逆鱗に触れるとして厳罰に処されたというのだ」（同上・傍点筆者）

このことからも、自分が復讐相手にならない限りは、彼らは手荒なことをしてこないはずなのだ。もちろん、これは酒内村に関しての記述である。「すくいの村」が全てを踏襲しているとは限らない。油断は禁物だ。
果たして本当に、彼らは狂信的な集団なのか。「呪い」を操り、人を殺しているのか。もしそうだとしたら、それは一体どういう方法で……。もちろん「呪い」などが存在するとは信じていない。だが、どうしても知りたかった。私にはそれを追究せざるをえない個人的な理由があるのだが、それについては、いずれまた書きたいと思っている。

無垢の民

1

がたがたと音がして振動が止まる。

終了を知らせるブザーが鳴り響いた。脱水が終わったのだ。年季の入った縦型の洗濯機。蓋(ふた)を開けて、洗ったばかりのTシャツやブリーフやらの下着を取り出す。共用棟の一階。浴場に通じている廊下の脇(わき)に、使い込まれた洗濯機が三台並んでいる。洗濯機から出した衣類を洗濯カゴに入れ、建物を出た。広場にある物干し場に向かう。

あれから十日ほどが経(た)った。

「すくいの村」での滞在生活は相変わらず続いている。未(いま)だ、彼らの実態に迫るような、手がかりは得られていない。もちろん、今のところはこちらの真意を悟られぬよう、慎重に行動している。彼らは危険な集団である可能性が高いからだ。しかし、いつまでもこのような調子だと、埒(らち)があかない。

普段の村人たちの会話にも、耳をそばだてた。だが「呪(のろ)い」や「儀式」などを思わせる言葉は出てこなかった。もしかしたら、あえて口に出していないのかもしれない。もしこの施設が、インターネットで噂(うわさ)されているような呪いの集団で、『地史研究』

に記されていた酒内村と関係しているのであれば、「呪い」や、それに関連するような話は禁じられている可能性が高い。無論、それは単なる私の推測に過ぎない。「すくいの村」と酒内村を関連付ける証拠はまだ何も得られていないからだ。

広場に到着する。物干し場を見ると、先客が一人居た。六十ほどの品の良さそうな女性である。手際よく衣類を竿に吊している。こちらが挨拶すると、にこにこと笑顔で会釈してくれた。洗濯カゴを抱えたまま、物干し竿を見渡す。今日は久しぶりに天気がよかった所為か、竿の三分の二以上は衣類で埋まっていた。空いたスペースを見つけ、干し始める。すると女性が声をかけてきた。

「今日はほんまに洗濯日和ですね」

穏やかな関西弁まじりの声が心地いい。笑顔で言葉を返す。

「そうですね。この天気なら早く乾きそうですね」

「どうですか。取材の方は」

「おかげさまで順調です。皆さん協力的ですので、本当に助かります」

数日前、彼女にも時間をもらって、身の上話を聞いた。三年ほど前に、夫と死別した女性。だが、その後親戚の一人に騙され、夫が遺した財産や土地を根こそぎ奪われた。そして失意のなかで、この施設の存在を知り、やって来たというのだ。

洗濯物を干しながら、彼女は話し続ける。

「でも大変やね。仕事とはいえ、こんな辺鄙なところまで来て。毎日退屈やないですか」

「いや、そんなことはないですよ。とても居心地がいいんです。取材を名目にお邪魔させてもらっていますが、ここだけの話、半分休暇みたいなものだと思っています。空気もいいし、大自然に囲まれて、心身ともに癒やされている感じがしますから。ここにいると、時間の流れを忘れてしまいそうで」

「時間の流れねえ。確かにそうやねえ」

女性は黙り込んだ。干しながら、彼女の方をちらりと見る。上品な顔立ちだが、皺が多く、一本に束ねた頭髪のほとんどは白くなっている。ここに来るまで、相当苦労してきたことが窺える。

「あの、一つ訊いていいですか」

「はい。なんでしょう」

「この前仰っていましたよね。奪い取られた財産、ご主人がこつこつと働いて、あなたに遺したものだって。天国の主人に申し訳がないって」

彼女の顔にわずかに影が差した。私はさらに言葉を続ける。

「やはりその……恨んでおられますか。その財産を騙し取ったという親戚のこと」

「さあ、それはどうやろか。もちろん最初は、憎いと思ったこともあるし、恨んでいないと言えば嘘になりますけど。でも、もうそれはどうしようもないことやから……。今は、そんな事態を招いてしまった自分が悪かったんやと、そう思うようにしてます」

「そうですか……。あの、もう一ついいですか」

「はい」

「あの……例えば、呪いとか信じておられますか」

「呪いですか」

驚いたような顔で彼女は私を見る。

「ええ……念じると、人に災いが起きたり、憎い相手を死亡させたりという」

「はあ……呪いねえ」

そう言うと女性は、口を閉ざしてしまった。

「すみません。怖がらせたりして」

「いえいえ、怖いんやないんです」

洗濯物を干しながら、彼女はくすくすと笑い出す。

「ごめんなさいね。そういったことあんまり信じていないので。真面目（まじめ）な顔で仰るから、おかしくなってしまって」

女性は笑いながら、作業を続けた。思い切って「呪い」という言葉を投げかけてみたのだが、正直微妙な反応である。彼女は何かを隠しているのか、それとも本当にそういった現象について懐疑的なのかは判別できなかった。不用意な発言だったかもしれないと思い、少し反省する。もし彼らが何かを隠しているとしたら、警戒されるかもしれない。

洗濯物を干し終えると、散歩することにした。昼食まではまだ時間があった。ロッジの裏側にある森のなかに入る。

ざわざわと葉ずれの音がして、心地よい風が吹いてきた。まだ紅葉というほどではないが、いつの間にか、木々の葉も色づき始めている。

「すくいの村」はのどかな場所である。村人たちの人柄も温厚で親しみやすい人ばかりだ。いまのところ、彼らが危険な集団であることを示す手がかりは得られていない。でも『地史研究』の学術記事にあった「旧酒内村（しゅないむら）」との類似は、決して偶然とは思えない。昭和のはじめ頃までは、ここからさほど遠くない場所にあったという酒内村。そこではかつて、復讐（ふくしゅう）を請け負い、呪術（じゅじゅつ）を駆使して人を殺害していたというのだ。私が入手した酒内村の記事は、インターネットで囁かれている「すくいの村」の噂と奇妙に符合している。

ただし、彼らが人を呪い殺しているとすると、いささか複雑な話にはなる。それは「呪い」の存在を肯定することになるからだ。念じただけで、人を怪我させたり、殺害することが出来るというのは、俄には信じがたいことである。常識的には、もちろんそんなことが出来るとは思えない。私は「呪い」で復讐したり、殺害できるとは思っていない。だがこの日本には（他の国でもそうなのだが）、「呪い」とか「超能力」のような現象が実在すると信じ込んでいる人が、少なからず存在していることも事実である。目には見えないオカルト的な現象が、本当にあるかもしれないという心理が、現代的な社会病理の背景にあることは紛れもない現実なのだ。その病理が事件として表出し、世間を震撼させたのが、一連のオウム真理教事件（一九八〇年代末期～一九九〇年代中期）なのであろう。一九九七年に起きた神戸連続児童殺傷事件でも、加害者である少年A（当時十四歳）は、自らが創造したバモイドオキ神という架空の神を崇拝していたという事実がある。

この科学合理主義の時代、現代人の多くは、呪いの実在など信じてはいないと思う。だがその反面、水子や先祖の霊が祟っていると言われると、途端に不安になる。

ある調査によると、そういった神仏や先祖の霊を悪用した霊感商法の件数は、七年間で相談件数一万四千五百件、被害総額は三百十七億円にも及んだという。我々の心のなかには、非科学的なものは信じないとしながらも、どこかでそれを否定しきれない感情が存在するのである。とくに「呪い」については、それが顕著なのだ。

一体それはなぜなのだろうか。理由は明白である。人の意識の奥底には、「呪い」の存在を肯定しなければならないという、強迫観念のようなものがプログラムされているからだ。人間という生き物は、この世に生を受けたときから死に至るまで、他人から恨まれずに生きることは不可能に近い。美しく生まれた女性は、それだけで妬み(ねた)の対象となり、出世したものは必ず誰かから嫉妬(しっと)されるからだ。言うなれば、人は生まれたときから誰かに呪われている存在なのである。

成功すればするほど、幸せになればなるほど、それに伴って、その人を妬み、恨みを抱くものの数も増加していく。人間である以上、誰しもが呪われる側にあり、呪う側にあるという宿命から逃れることは不可能なのである。

我々の意識下に潜む「呪い」という名の原罪。あるときは「誰かを呪いたい」と思い、またあるときは「誰かに呪われている」と訝(いぶか)しみ、うすら寒い気持ちになる。そういった感情が、呪術や呪詛(じゅそ)を生み出し、「呪い」という目には見えないものを信じさせるのだ。

そしてそれは、我々が生み出した社会も同じである。人類の歴史も呪いに塗れている。大きな歴史の転換点には、必ず呪いが関係していると言っても、過言ではない。

例えば、桓武天皇が平城京から長岡京、そして平安京へと繰り返し遷都を行ったのは、怨霊の呪いから逃れるためだったという。また明治元年には、明治天皇の勅使が崇徳天皇の祟りを恐れ、讃岐（香川県坂出市）にある御陵におもむき、粛々と宣命（天皇の命を伝える文章）を読み上げた。崇徳天皇は、保元の乱（一一五六年）を起こして敗れ、流刑地の讃岐で命を落とし、祟り神として恐れられるようになった。以来、災厄が起こったり、社会が混乱したりすると、崇徳天皇の怨霊の仕業であると、畏怖されていたのだ。近代社会の幕開けにおいても、七百年前の怨霊の祟りを危惧していたというのである。

さらに第二次世界大戦は、呪術戦争と呼ばれるほど、オカルト的側面が色濃いものだった。一九四五年の初め、悪化する戦局の最中、日本軍によって各地の真言密教の高僧が一堂に集められた。軍部は、敵国のアメリカ大統領フランクリン・ルーズベルトを、呪術によって殺害しようと考えたのだ。依頼を受けた密教僧らは、敵国の指導者の命が絶たれるよう、一斉に護摩を焚き、加持祈禱を繰り返したという。文明が進化し、社会が近代化しても、こうした科学的根拠のないようなことが行われていたとは、驚きを禁じ得ない。

ドイツ軍を指揮したナチス党首、アドルフ・ヒトラーも、オカルト結社と密接な関係を持ち、黒魔術によって戦略を立てていた。また晩年は、敵国から呪いを掛けられていると、絶えず怯(おび)えていたという。彼の伝記には、その時の様子がこう記されている。

「ヒトラーは夜中になると、体を痙攣(けいれん)させ、恐ろしい叫び声をあげながら目を覚ますことがあった……。体をぐらつかせながら、〝奴(やつ)だ、奴だ、奴がやってきたのだ〟とわめきたてた。唇は真っ青で、玉のような冷や汗がさかんに流れ、早口で何の意味もない数字を呪文のように唱えていた……」

『ヒトラーとの対話』ヘルマン・ラウシュニング

六百万人とも言われるユダヤ人の大量虐殺(ぎゃくさつ)を実行した、悪名高き独裁者ヒトラーも、呪いの力を妄信し、畏(おそ)れていたのだ。

このように第二次世界大戦の裏側では、指導者らは呪術にのめりこみ、目には見えない世界でも戦いを繰り広げていた。どんなに科学文明が発達しようとも、我々人間やこの社会の根底には「呪い」の存在を享受し、それに怯えるという心性が潜んでいるのだ。

また民俗学的な見地からすると、別の見方もある。「呪い」は、社会的弱者から強者への「抗議」であるという考えだ。地位が低い者や、虐げられていた者が、自らの窮状を訴えるには、相手を呪うしか方法はなかった。その当時の事情や感情が端的に分かるのが、「平家物語」の橋姫の伝説である。能の演目「鉄輪」としても有名な逸話だ。

橋姫という公家の娘がいた。だがある日、後妻に夫を奪われ、捨てられてしまう。嫉妬の念にかられた姫は、真夜中に貴船神社（京都市左京区にある水神を祀った神社）を参り、神のお告げを聞く。

「赤い衣を着て顔に朱を塗り、鉄輪を頭に頂き、その三つの足に蠟燭を付けて火を灯せば、生きながら鬼になって恨みを晴らせる」

神託通り儀式を行った姫は、生き霊となって夫にとり憑くようになった。怪異に気づいた夫は、陰陽師の安倍晴明に祈禱を依頼する。二人の前に、頭に鉄輪を載せた橋姫の生き霊が現れた。夫をとり殺そうとする生き霊。加持祈禱の攻防の末、何とか晴明は霊に打ち勝つことができた。呪いは成就(じょうじゅ)することなく、橋姫の生き霊は消え失(う)せたのだ。

鉄輪とは、五徳(ごとく)とも呼ばれる鍋(なべ)などを火にかける際に使われる三本足の鉄製の器具である。それを逆さにして冠のように頭に被(かぶ)り、三本の足に蠟燭を立てるのだ。角のように頭に蠟燭の火を灯し、相手を恨み続けるその姿はまさしく鬼である。この「鉄輪」の橋姫の伝説が、「丑の刻参り(うしのこくまいり)」の原型なのだという。「丑の刻参り」とは、藁人形(わらにんぎょう)に五寸釘(くぎ)を打ち、恨みを晴らす有名な呪法のことだ。この「鉄輪」の逸話に、神木に釘を打ち付けて恨みを晴らそうとする「呪い釘(のろいくぎ)」という呪法と、陰陽道の人形祈禱が合わさり、「丑の刻参り」が生まれたのだという。

女性の立場が弱く、不平等だった時代。夫から虐げられたり、一方的に離縁されても、妻は自分の主張を訴えかけることは出来なかった。呪術にすがり、相手に呪いを掛けるしか、方法はなかったのだ。そういった意味で、「呪い」とは弱者にとって、ストレスを治癒する役割を果たしていたといえよう。相手に対する憎悪(ぞうお)や恨み、怨念、やり場のない怒りによる心の暴走を止め、それを解消するための機能が「呪い」にはあったというのだ。

現代社会において、こういった呪術や儀礼、祭祀(さいし)などの役割を果たすものは消えてしまった。だが、もしこの「すくいの村」が、噂通り「人に呪いを掛ける」ような集団だとしたら、彼らがその機能を果たしているのではないかとも思う。この施設は「呪い」によって、現代人の心の荒廃を治療し、社会的弱者の心的暴走を抑止する役割を担っているのである。そう考えると、その存在意義は一概に否定できるものではないのかもしれない。

しかしそれが高じて、本当に殺人を行っているとしたら、決して見過ごすわけにはいかない。『地史研究』の記事に記されていた、酒内村の恐ろしい伝承が頭をよぎる。百年に一度行われるという恐ろしい儀式。湖の神木に祀られる、ばらばらにされた生贄(いけにえ)。順路とは逆に回る「逆打ち」の風習。百年ごとの定められた年以外は、絶対に儀式を行ってはならないという掟(おきて)……。

果たして彼らと、酒内村に関係はあるのか。現実に彼らは、恐ろしい事件を起こしているのか。それとも、インターネットの噂と符合するのは単なる偶然なのか。

午後六時——

食堂に入ると、香ばしい匂(にお)いが漂っていた。

カウンターの前の列に並び、湯気のたったカレーが盛り付けられた皿を受け取る。

副菜のごぼうサラダや味噌汁とともに盆に載せ、テーブルについた。

村人たちと雑談しながら、ごろごろと大きな具が入ったカレーライスを頬張る。和気藹々とした雰囲気。とても危険な集団とは思えない。しかし油断してはならない。彼らはまだ、本性を現していないのかもしれない。

「悩み」や「苦しみ」を抱えた人々を救うという、「すくいの村」。その実態は一体なんなのか。前章にも書いたように、私には是が非でも突き止めなければならない理由があった。それは非常に個人的なことであり、ここに記すべきかどうか、これまで躊躇してきた。だが、今後このルポルタージュを記述してゆく上で、避けては通れない事柄ではあるので、説明しておくことにする。私事で誠に恐縮なのだが、どうかご容赦願いたい。

私がこの施設を訪れた本当の目的……それはまさに、ある一つの偶然から生まれたのだった。

※

今から八ヶ月ほど前のことだ。

　私が住む東京近郊のターミナル駅前のコーヒーショップで、その男性と落ち合った。相手の名前は青木伊知郎（仮名）。都内で、美術品や骨董品など、輸入関係の会社を経営しているという。

「申し訳ないです。わざわざ時間を作ってもらって」

　私が来ると、長身の身体を折り曲げて、何度も頭を下げた。年齢は三十代後半か、四十代くらい。少し歳上だろうか。とても腰の低い人物のようだ。思わず彼に言った。

「いえいえ、こちらこそ、うちの近くまで来てもらって、すみません」

　青木伊知郎と初めて会ったのは、数日前のことだった。ホテルのロビーで、石川という編集者と打合せ中に紹介を受けた。青木は、石川の知人だった。彼は別件でそのホテルを訪れており、偶然石川の姿を見かけて、声をかけたというのだ。その日は自己紹介をして、名刺交換しただけだったのだが、後日青木からメールが届いた。『一度会って、お話ししたいことがある』。一体何の用だろうか。仕事の依頼だろうか。もしそうだとしたら、輸入関係の会社の社長がルポライターである私にどんな依頼があるのか。皆目見当が付かなかったが、まずは会ってみることにした。

　荷物を置くと席を立ち、カウンターでコーヒーを買う。席に戻ると、青木はコーヒーの料金を支払うと言う。丁寧に断って、世間話などをする。青木は温厚で親しみやすい人物だ。雑談を終えると、私が本題を切り出した。

「それで、話したいことというのは一体なんでしょうか」

「ええ……」

先ほどまで、にこやかな笑みを浮かべていた青木の顔つきが変わった。なにか考えている。言葉をかけずに待っていると、おもむろに彼が口を開いた。

「実は私の妻の話なんですが……」

「奥様の話ですか」

「ええ、朔（さく）というんですが、旧姓が藤村（ふじむら）と言います。藤村朔、覚えておられますか」

「朔さん？」

「ええ、あなたとお知り合いのはずなんですが」

彼女の名前を聞いてはっとした。しかし、その気持ちはなるべく悟られないようにして、答えを返した。

「ああ……もしかしたら、高校時代のクラスメートだった藤村さんのことでしょうか」

「そうです。覚えておられましたか」

「ええ、もちろんです。懐（なつ）かしいですね。高校を卒業して十五年くらい経ちますから……。でも偶然ですね、藤村があなたの奥さんだったなんて」

「ええ、だから名刺を見て驚いたんです。妻からお名前を聞いたことがありましたので。高校時代のクラスメートが、ルポライターをやっていると。妻に教えられて、あなたが書いた記事を読んだこともあります」

「そうでしたか。それで、お元気ですか。藤村は……あ、朔さんは」

そう言うと青木の顔が一瞬曇った。少し間を置いて、落ち着いた声で言う。

「妻は先日、亡くなりました」

「え、亡くなった？　藤村がですか」

「はい。一ヶ月ほど前のことです。心不全でした。告別式のとき、あなたにもご案内を出さなければと思っていたのですが、連絡先が分からなくて。申し訳ございません」

青木は深々と頭を下げた。

「いえ……」

言葉を呑み込んだ。プラスチックカップを手に取り、コーヒーを口に含む。少し間を置いて、声をかけた。

「僕のことはお気になさらないで下さい。それよりも大変でしたね。奥様を亡くされて……。何と申し上げればいいか」

「ありがとうございます。でも、よかったです。あなたにこうしてご報告することができましたので」

「お気を遣わせてしまって、申し訳ございません。それにしても奇遇ですね。青木さんとこうして出会わなければ、藤村が亡くなったことを知る由はなかったと思いますので。ありがとうございます。わざわざお報せいただいて」

「いえ、とんでもありません。それで、今日お会いしたかったのは、妻の死をお伝えしたかったというのもあるんですが……実はもう一つ、お話ししたいことがありまして」

「もう一つ？」

「こんなこと、話すべきかどうか分からないのですが、妻が死んでから、一人でずっと思い悩んでいたことがありまして……」

青木が何かを言い淀んでいる。しばらく考えると、彼は口を開いた。

「聞いて頂けますか」

「ええ……もちろんです」

青木は身を乗り出すと、声を潜めて言う。

「実は私……妻は殺されたんじゃないかと思っているんです」

「殺された？」

「ええ……」

「でも、さっき病死したと仰いましたよね。確か心不全とか」

「そうです。でも本当に突然だったんです。妻はあなたもご存知のように、まだ三十三歳でした。心臓が悪いといったこともなく、煙草も吸わないし糖尿病や高血圧などの持病や疾患もなかった。なのに突然、私の目の前で苦しみ出して、搬送先の病院で死亡したんです」

「だったら、やっぱり病気でお亡くなりになったんじゃないでしょうか。青木さんの目の前で倒れたんですよね」

「そうなんです。亡くなったときは私が傍にいたので、それは間違いないのですが……。どうしても、妻は殺されたんじゃないかと思うことがあって」

「どういうことでしょうか」

そう言うと、青木は口を閉ざした。何かを考えている。そして、私にこう告げた。

「『すくいの村』をご存じですか」

「『すくいの村』？　いえ、存じませんが」

「民間の自己啓発セミナーのような団体なんです。奈良県の山奥にあって、悩みがある人を集めて、社会復帰の手助けをしている施設らしいんですが、ちょっと胡散臭(うさんくさ)い噂がありまして」

「と言いますと」

「ネットで検索してもらうと分かりますが、とても危険な集団らしいんです。表向きは、山奥にある保養施設といった感じなんですが、その実態はちょっと普通ではなくて、かなりやばい団体じゃないかって」

「やばい団体……新興宗教とかですか」

すると青木は神妙な顔で頷(うなず)いた。

「ええ……彼らは呪いを信じているんです。呪いで人を殺すことが出来ると」

「呪い？」

「そうなんです。これはあくまでも噂なのですが、彼らは恨みを持つ人を集めて、呪いによる復讐を請け負っているというんです。もう何人も、彼らによって呪い殺された人がいるらしいと」

「なるほど……」

私は黙り込んでしまった。「呪い」というインパクトのある言葉に困惑したからなのだが、話の意図が全く見えないということもあった。

「あなたが今考えていることは分かっています。私も最初はそうでした。呪いなんかで人が殺せるはずないと。でも、妻が何の前触れもなく、突然死んだのを見て、もしかしたらと思うようになって」

「ではあなたは、奥さんが呪い殺されたのではないかと思っているんですか」

彼は答えない。小さくため息をつくと、不安げに視線を落とした。私はさらに訊いた。

「奥さんとその施設とは、どういった関係があるんでしょうか」

「実は少し前に、妻は『すくいの村』にいたことがあったんです。妻は精神的に追い詰められていた時期がありました。それで少しの間、あの施設に身を置いていたんですが、私が施設の悪い噂を知って、強引に彼女を連れ戻したんです。そうしたら、しばらくして妻が亡くなったので、彼らと何か関係しているのではと思うようになって。本当は、復讐のために殺されたんじゃないかと」

「精神的に追い詰められていたというのは？」

「あなたもご存じかもしれませんが、朔は人付き合いがあまり上手い方ではなくて、どちらかというとナイーブな性格でした。すぐに精神的に不安定になるところがあり、お恥ずかしい話、私ともよく衝突していました。でもその度に理解し合って、私たち夫婦は何度も危機を乗り越えてきたんです。私は妻を愛していました。だから彼女が逃げ込んだ施設の風評を知ったときは居ても居られなかったんです。施設に行ってみると、朔は拉致されたような状態で監禁されており、受け答えも曖昧ではっきりとはしていませんでした。きっと彼らに洗脳されたんです。慌てて連れ戻して、妻と根気よく話し合いました。精神科にも通わせて洗脳を解いてもらって、何とか、あの恐ろしい集団と決別させたんです」

　青木の言葉に感情がこもってきた。その目には涙が浮かんでいるように見える。

「朔は施設にいるとき、キノミヤという指導者に、いろいろと身の上話をさせられたと言っていました。キノミヤは妻に目をかけていたようなんです。だから洗脳を解かれた後は、とても怯えていました。彼らは何をするか分からない。このままで済むわけはないと……。もちろん、そんなことが現実にあるのかどうかは分かりませんが、もし妻が彼らに呪いをかけられ、殺されたとしたら、私は絶対に彼らを許さない。だからどうしても知りたいと思ったんです。彼らが本当に人を呪い殺したのかどうかを……。そして妻は何故、死ななければならなかったのかを」

「なるほど……それで、どうしてその話を僕に」

「妻から、お名前はよく聞いていましたから……。最悪のことを考え、何か予言めいたことも言っていました。もし自分に何かあったら、あなたに相談して欲しいって。その時は聞き流していたのですが……。妻はあなたをとても信頼していたようですね。ですから……こんなことをお願いしていいのか分からないのですが、あの施設に行って、調べてもらえないかと思いまして」

「僕がですか？」

「そうです。私は顔を知られているので、もうあそこを訪れることは出来ません。『すくいの村』に行って、その実態を調査してもらえませんか。報酬ならいくらでも支払います。彼らは本当に、呪術によって人を殺害しているのか。妻は彼らに呪い殺されたのか。どうしても知りたいんです」

そう言うと青木は深々と頭を下げた。私は言葉が出てこなかった。彼が頭を上げて言う。

「きっとこれは運命だと思うんですよ。この前あなたと偶然お会いしたとき、私は感じたんです。朔のことを伝えなければとずっと思っていましたから。私自身は、そういったことはあまり信じない方なのですが」

青木と別れて、自室に戻った。

彼は青木朔が「呪い」によって殺されたと信じ込んでいるようだった。現実味のない話だとは思うが、自分の妻が三十三歳の若さで突然死したのである。そう思い込んでしまう気持ちは仕方ないのだろう。

パソコンを開いて、インターネットで「すくいの村」について検索してみた。そしてそこで初めて、私はこの施設の存在を知ったのだ。確かに彼の言う通りだった。ネットの書き込みには「狂信的な集団」「呪いで人殺しを請け負う」「みんな狂っている」「すくいの村は『ろろるの村』」「実際に殺人事件にも関与している」などの過激な言葉がつらなっていた。

その時私は思った。青木に言われたからではないが、この施設は私が取材しなければならない。直感的にそう感じたのだ。

青木朔の死の真相。

もちろん呪いで人が死ぬとは考えていない。でも、どうしても知りたかった。一体、朔に何があったのか。それはやはり、私が解き明かさなければならないことだと思った。運命とか、そういう陳腐なことではなく。

カレーを口にしながら、村人たちが食事する様子を見ている。

※

取り立てて変わった様子はない。取材と称して、彼らから話を聞いたとき、何人かにそれとなく朔のことを聞いてみた。しかし、彼女のことを知るものは皆無だった。青木の話によると、朔がこの施設に居たのは一年ほど前のことだった。もちろんそれより後に入所した人は、知らないのも無理はない。だが、ここにいる村人たちの大半は、彼女が滞在していたころには施設にいたはずなのだ。でも朔の名前を出すと、皆「よく知らない」と判で押したような答えが返ってくる。やはり何か理由があって、口止めされているのだろうか。もし本当に、彼らが朔のことを「呪い殺した」と思っているのならば、その可能性は十分考えられる。

主宰者のキノミヤに聞けば早いのかもしれないが、まだ食堂に来ていないようだ。そういえば、彼は何日も外出して、施設にいないことがよくある。ここ最近も、施設でキノミヤの姿を見かけていない。折を見て、また話してみたい。いろいろと聞きたいことがある。

本当に彼らは呪術を操り、人を呪い殺す（ことができると思っている）ような狂信的な集団なのだろうか。実際に殺人に関与し、酒内村の伝承のごとく、遺体をばらばらにして木に飾るようなことを行っているのか。今のところ、それを明確に示す手がかりは得られていない。

だが朔の夫である青木伊知郎は、妻が呪い殺されたと信じている。私も彼女の死とこの施設の間には、何かしらの因果関係があるような気がしてならない。もしかしたらそれは、呪いとか呪術とかいう非合理的なものではなく、もっと物理的なことなのかもしれない。

いずれにせよ、真実が知りたい。彼らは本当に狂った集団なのか。現実に殺人事件に関与しているのか。

青木朔は何故、死んだのか。

2

朝からずっと雨が降っていた。肌寒い日である。部屋にあった黒いジャンプ傘を差して、ロッジを出た。

滑らないように気をつけながら、木々の間の斜面を下りてゆく。天気が悪いからなのか、辺りに村人の姿は見当たらない。昼食を終えたばかりの時間だった。みんな自分の部屋に籠もり、それぞれの時間を過ごしているのだろう。憎き相手の姿を頭に思い浮かべながら、復讐の念を滾らせているのかもしれない。

広場を通り過ぎて、共用棟に着いた。入口の前で立ち止まる。傘に付いた雫を払い、傘立てに差した。マットで靴の泥を落とすと、建物のなかに足を踏み入れる。幸い食堂には誰もいなかった。誰かに声をかけられたら、なんと誤魔化そうかと考えていた。調理場にも人の気配はない。まだ食事当番が来る時間ではないのは知っていた。食堂を横切り、奥の廊下を進んでゆく。階段を上り、二階へと向かった。なるべく音を立てないようにして、勾配の急な階段を上ってゆく。

二階に到着した。様子を窺いながら奥の部屋に向かう。静寂のなか、緊張が高まってくる。部屋の前で立ち止まり、呼吸を整えた。そして、締め切られた襖に向かい声をかける。

「キノミヤさん。突然すみません。少しよろしいでしょうか」

返事はない。自分の名前を告げ、もう一度声をかける。

「お話ししたいことがあります。少しお時間ありますでしょうか」

　やはり返事はなかった。部屋にいないのだろうか。その場に立ちすくんだ。不在ならば仕方ない。踵(きびす)を返して帰ろうとすると、襖の奥から物音がした。あわてて足を止める。襖が開きジャージ姿のキノミヤが顔を出した。思わず声をかける。

「あ、キノミヤさん。申し訳ないです。突然、来てしまって」

「どうかされましたか」

　久しぶりにキノミヤの顔を見て、戸惑ってしまった。以前のような快活さは失われ、げっそりとやつれたように感じたからだ。

「いや、実はいろいろとお聞きしたいことがあって、最近お会いしていなかったものですから……」

「そうですか。では隣の部屋でお待ちください」

「いや、でも大丈夫です。すみません。急な用事ではありませんから。出直してきますので」

「気になさらないでください。私も支度したら、すぐに行きますから」

「申し訳ないです」

　キノミヤに頭を下げた。言われた通り、隣の部屋に向かう。靴を脱いで室内に入った。集会場と呼ばれている大広間である。がらんとした部屋で待っていると、キノミヤがやって来た。立ち上がり、彼に言う。

「すみません。突然押しかけたりして」

「いえいえ、大丈夫ですよ」

そう言うとキノミヤは、よろよろとした足取りで部屋の隅の方まで歩いて行く。積んであった座布団を二つとり、畳の上に置いた。一体どうしたのだろうか。バーベキューやこの前の集会のときは溌剌としていた。今日は肌の色艶も悪く、白髪も目立っている。まるで別人のようだ。以前のような覇気は感じられない。

「すみません。急に体調を崩してしまって、しばらく伏せっておりました。大変申し訳ない」

「そうでしたか。やはり、改めさせて頂きましょうか」

私がそう言うと、キノミヤはかぶりを振った。

「それには及びません。不摂生が過ぎただけですから。もうすぐ良くなるはずです。それに、一度ゆっくり話してみたいと思っていました。いい機会ですので、ぜひ」

「ありがとうございます。ではお言葉に甘えさせていただきます。もしご気分が悪くなったら、仰ってください」

「わかりました。ありがとうございます。さあ、どうぞ、お座りになって」

キノミヤに促され、座布団の上に腰を下ろした。彼が体調を崩していたとは、知らなかった。ここ最近施設のなかで姿を見かけなかったのは、部屋で寝込んでいたからなのだろう。キノミヤも座ると、私の方を見て言った。

「あなたはどうです。お身体の方は……風邪などひいていませんか」

「僕は大丈夫です。おかげさまでここは空気も綺麗なので、心身ともにすこぶる快調です」

「そうですか、安心しました」

キノミヤの顔に安堵の表情が浮かぶ。そして言葉を続けた。

「それで、お話というのは」

「はい……」

思わず口を閉ざした。いざとなると言葉が出ない。小さく深呼吸した、意を決して、キノミヤに言う。

「まずお聞きしたいのは、この『すくいの村』の噂についてです。この施設はとても危ない集団で、復讐を請け負い、相手に報復しているという疑惑があるのをご存じでしょうか」

彼の様子を窺う。

キノミヤは表情を変えずに話を聞いている。質問を続ける。

「呪いとか呪術のようなものを操って、相手を殺害するという噂もあります。この施設に心の救済を求めて人が集まっているというのも、それはあくまでも表向きの理由で、彼らは皆、自分が恨んでいる相手を呪い殺したいから来ているのではないかというんです。どうですかキノミヤさん。そのような事実はあるんでしょうか」

そこまで言うと、一旦言葉を切った。彼の様子を窺う。キノミヤは黙ったままだ。じっと彼の答えを待つ。ふと窓の方に目をやった。森の木々が、そぼ降る雨に濡れている。すると、おもむろに彼が口を開いた。

「なるほど、呪いですか……。あなたはどう思われますか」

「僕ですか」

「ええ……ここに滞在されてもう何日も経ちますでしょう。この施設が噂どおり、危ない集団だと感じるようなことがありましたか」

至極穏やかな声でキノミヤは言う。

「正直申しますと、今のところはそんな様子は感じられません」

「そうですか……だったら、そういうことなのではないでしょうか。あなたは自分の目で確かめたのでしょう。それが根も葉もない噂だということを」

上手くはぐらかされた気がした。さらに質問を投げかける。

「実際のところはどうなんでしょうか。本当に噂にあるようなことは行われていないということですか」

すると、キノミヤの口元が動き出した。なにやら笑っているようだ。だがすぐに咳き込み出した。

「大丈夫ですか」

咳き込みながら、彼は言う。

「申し訳ない。ちょっと可笑しくなってしまって。そういう質問をされるということは、あなたも信じているということですよね。呪いとか、そういったことを」

「いや、そういう訳ではありません」

「でも、呪いを信じていないと、そんな疑問を抱かれることはないでしょう」

「もちろん、呪いで人を殺せるなどとは思っていません。でも、呪術のような怪しげなオカルト的な力が実在すると信じている人は、少なからず存在します。事実、そういった人たちが集まり、この社会を脅かすような事件を起こした例は数多くありますから」

「ほう……では、あなたは我々が社会を脅かすような危険な集団であると……」

「そういった疑惑があるのは事実です。現実に事件に関与しているという噂もあります。だから本当のことを知りたいんです」

力強い口調でキノミヤに問いかける。彼はまた、口を閉ざしてしまった。

ここに来て一ヶ月以上が経っている。だが正直言って、大きな成果を上げているとは言い難かった。自らの真意を隠しながら取材を続けるのも限界である。そこで思い切って、単刀直入にキノミヤに訊くことにしたのだ。彼が本当のことを言うかどうかは分からない。だがその反応を見て、何か手がかりのようなものが得られるかもしれないと思ったのだ。

しばらく考えると、キノミヤはおもむろに口を開いた。

「なるほど……ではその疑問に答えましょう」

落ち着いた声で彼は言う。

「我々の施設にそういった噂があるのは、もちろん私も知っています。しかし結論から言うと、それらは本当に何の根拠もない話なのです。私もあなたと同じく、呪いで人を殺せるとは思っていません。確かにこの施設には、激しい恨みを抱えた人もいます。裏切られた相手を、殺したいと思っている人も一人や二人ではないでしょう。でも私の願いは、彼らを憎しみの呪縛から解き放ち、新しい人生を歩んでもらうことなんです。あなたと最初に会った時に話したことを覚えていますか。人は多かれ少なかれ、誰かに傷つけられたり、苦しめられたりを繰り返しています。そのなかには、強烈なトラウマを抱え込み、社会生活を維持できなくなった人もいる。そういった方々の力になりたい。そんな思いで、この施設を作ったんだと。その気持ちに嘘偽りはありませんから」

そこまで言うと、キノミヤはじっと私の方を見た。その瞳には、一点の曇りも感じられない。でも、これで納得してはいけない。私はまた彼に問いかける。

「酒内村についてはご存じですか」

「酒内村？」

「ここから十キロメートルほど行ったところに、酒内湖という小さな湖があります。酒内村とは、かつて、その湖の畔にあった古い村です」

キノミヤは黙ったまま、私の話を聞いている。

「その村では、古代より呪術による祭祀のようなことが行われていたそうです。奈良時代末期には、呪禁師と呼ばれる呪術師が逃げ延びてきたという伝説があり、百年ごとに、生贄を神に捧げる儀式を続けていたといいます。儀式のときには逆打ちを行う風習があり、村の呼び名も、『しゅないむら』ではなく、もともとは『さかうちむら』

だったとも言われています。さらに恐ろしい噂があって、伝承によると、恨みを抱く人たちを村に集めて、呪術による復讐を請け負っていたというんです。場合によっては、相手を呪い殺すようなこともしていたと……。昭和の初めごろには、危険な集団として取り締まりの対象になったのか、廃村になって今はありませんが」

「ほう……お詳しいですね」

感心したようにキノミヤが言う。

「酒内村を調査した学術記事を手に入れて読んだからです。キノミヤさんは知っていましたか。酒内村のことは」

「ええ、もちろん知っていますよ。あなたほど詳しくないかもしれませんが。もっとも、酒内村だけではありません、この辺りは歴史のある土地なので、興味深い場所は山ほどありますからね。でも、なぜ私にそんな話をするのですか」

「よく似ていると感じたからです。この施設に関する噂と。だから、何か関連があるのかもしれないと思い、訊いたんです」

「似ている？　そうなのですか」

「今お話ししたとおり、かつて酒内村は復讐を請け負い、人を呪い殺していたといいます。この『すくいの村』も、人を集め呪術で殺害を行っていると、インターネットで取り沙汰されています。酒内村は、ここから十キロメートルと、ほど近い場所にありました。だから、その事実を知ったときは、とても偶然とは思えなかったんです。酒内村とこの施設の間には、何か関係があるのではないかと」

そう言うと、キノミヤは顔色一つ変えず、その質問に答えた。

「結論から申し上げると、全く関係はございません。先ほども申し上げたように、復讐やら呪いやらは根も葉もない噂であり、そのような事実は存在しないんです。この施設と酒内村との間に共通点があるとしたら、悩みや苦しみを抱えた人が集まってくるということぐらいでしょう。私はこう思っています。我々が危険な集団だとか、呪いで復讐したり、人を殺しているとか、そういう類の噂は、たまたま酒内村という『呪い』の伝承を持つ村が近くにあったから生まれたのではないか。誰かが勝手に結びつけて、我々の施設が酒内村のような恐ろしい集団であるという噂を広めたんじゃないかと……。正直言うと、迷惑しているのは我々の方なんです。お分かり頂けましたでしょうか」

私は口を閉ざした。確かに、その可能性は一概には否定できるものではないと思ったからだ。誰かが、偶然この施設の近くにあった酒内村の伝承に結びつけて、それが噂として広まった。そう考えると、「すくいの村」に疑惑がかけられていることに、一応の説明がつく。キノミヤは続けて言う。

「そういった意味では、この『すくいの村』は、呪いで復讐を成就させるという酒内村とは、対極の存在であると言えるでしょう。人は誰しも、少なからず誰かを呪い、誰かに呪われています。社会生活のなかで、呪いというものと無関係に生きてゆくのは、残念ながら困難であると言わざるを得ません。でも私は信じています。あなたや私の心のなかにある恨みや憎しみ、嫉妬のような感情を克服できれば、そこには大いなる至福が待ち受けていることを」

一旦言葉を切ると、キノミヤは私をじっと見据えた。

「仏教が隆盛した理由は、呪いや占いなど、呪術的な行為を否定したことにあったと言われています。釈迦は禁欲的な苦行の過程で、人間本来の欲望の深さや醜さを知りました。そこから人類が解脱するためには、それまでの宗教思想では当たり前だった、呪術的支配から解放されるべきだと考えたんです。誰かに呪いをかけ、復讐を果たしたり、相手を蹴落とそうとしたりする呪術や呪法の概念は、暴力や殺生の連鎖を断ち切るどころか、それらをさらに増幅させるものでしかないと。こうして釈迦は悟りを開き、仏教の開祖となって、人類に精神的な革命を起こしたというわけなんです。恐れ多いのは承知の上で言いますが、私も釈迦と同じ思いでした。一人でも多くの人が、呪いや復讐の念から解放され、新たなる境地に昇華することを願って、この施設を始めたんです」

そこまで言うと、キノミヤは口を閉ざした。

がらんとした部屋。沈黙が二人を支配する。がたがたと音がするので、窓の方に目をやった。雨粒がガラスに叩（たた）きつけている。いつの間にか雨脚が強くなっていた。風も吹き荒れ、森の木々が左右に大きく揺れている。

「なるほど、キノミヤさんの理念はよく分かりました。それでは最後にもう一つ、お聞かせ願えませんでしょうか」

「どうぞ」

「青木朔という女性のことをご存じでしょうか。一年ほど前に、この施設にいたという」

「ええ、もちろんです。よく覚えていますよ」

「彼女はどういった女性でしたか」

「素晴らしい女性でしたよ。どうして、あなたは青木さんのことをご存じなんですか」

「高校時代のクラスメートでした」

その言葉を聞くと、キノミヤは感心したかのように言う。

「ほう、そうでしたか……それで青木さんがどうかされましたか」

「彼女は亡くなったそうです」

「亡くなられた。本当ですか」

「ええ……突然のことだったようです。何の前触れもなく苦しみはじめ、病院で息を引き取ったと。心不全でした」

「そうですか……それはとても残念なことです」

キノミヤは目を閉じて沈黙した。朔の死を知り、驚いているのか、そうでないのか。彼の表情からは読み取れない。

「実は、青木さんはあなた方に呪い殺されたのではないかと言う人もいます。この施設を裏切って逃げ出したので、報復されたのではないかと」

「なるほど……それは誰が言っているんですか」

「申し上げられません」

「そうですか。では、あなたはどう思うのです」

「僕ですか」

「ええ……あなたは青木さんが私たちに呪い殺されたと、本気で信じているのですか」

「いえ、信じておりません。さっきも言ったように、呪いで人を殺すことなど、出来るはずはないと思っていますから」

「ではなぜ、この村に来たのです」

「え……」

「あなたの行動は矛盾していませんか。『呪い』を信じていないのに、青木さんが『呪いで殺されたのかもしれない』と疑いをかけるというのは、矛盾以外の何物でもありませんよ」

窘（たしな）めるような口調でキノミヤは言う。慌てて反論しようとすると、キノミヤがくすくすと笑い出した。

「分かっています。あなたはこう言いたいのでしょう。自分が知りたいのは、呪いで人が死ぬかどうかなどではなく、この施設が呪術のようなことを信じている集団なのかどうかということ。そして、もし我々がそのような危険な集団だとしたら、青木さんの死と何かしらの因果関係があるに違いない。そう思って、この村にやって来たのでしょう」

全くキノミヤの言う通りだった。でも自分の考えを全（すべ）て見透かされたようで、気分はあまりよくない。黙っていると、彼がまた口を開いた。

「ではその質問に答えましょう。さっきも言った通り、我々はそういった集団ではありませんし、青木さんの死とも一切関係ないということです。私もあなたと同じです。呪いで人を殺すことが出来るとは、全く以て思っていませんから」

そう言うとキノミヤは静かに笑った。


午後四時すぎ、彼との話を終え、建物を出る。

外はまだ、激しい雨が降り続いていた。傘を広げ、土砂降りのなかを歩き出す。キノミヤからは、雨脚が弱まるまで食堂で時間を潰せばどうかと助言された。「風邪でも引かれたら大変」というのだ。でもわずかな距離だし、一度部屋に戻りたかった。降りしきる雨のなかを、ジャンプ傘の柄を握りしめて歩き続けた。

何とか自分のロッジに戻ってきた。数分歩いただけなのに、全身がびしょ濡れである。傘はほとんど意味をなさなかった。タオルで濡れた髪や身体を拭いて、新しい服に着替える。熱いコーヒーが飲みたくなった。薬缶に水を入れてコンロに掛けた。ダイニングチェアに座り込むと、どっと疲労が押し寄せてくる。

思い切って、主宰者であるキノミヤに疑問をぶつけたのだが、充分に成果があったとは言い難かった。彼に直接訊けば、何か分かるかもしれない。そう思ったのだが、結果的には、こちらの手の内を晒（さら）しただけのようだ。彼らは私のことを警戒し始めるかもしれない。最悪のことも考えて、慎重になった方がいいのだろう。でも、彼らが私に手荒なことはしないという確信はある。それは前章に書いたとおりだ。少し楽観的なのかもしれないが、怯（おび）えてばかりでは、取材は前に進んでいかないのだ。

それに、キノミヤと話してみて、「すくいの村」が本当に危険な集団かどうかも分からなくなってきた。それほど、先ほどの彼の話は説得力があったということなのだろう。でもその反面、やはり何か隠しているようにも感じる。上手く煙に巻かれてしまったような気がしてならない。

いずれにせよ、彼は只者（ただもの）ではない。この村に来た理由について訊かれたときは、動揺してしまった。まるで、心を読み取られているのではないかと思ったのだ。確かにそうである。自分の行動は矛盾している。私は、呪いによって青木朔が死亡したとは思っていない。しかし、彼女を「呪い殺した」というこの村に、どうしても来なければならなかった。何が私を駆り立てているのか。その理由を説明するには、やはり彼女と私の関係について語らなければならないだろう。

青木朔……旧姓藤村朔。彼女と出会ったのはもう十五年ほど前になる。

※

どちらかといえば、藤村朔はあまり目立たないタイプの生徒だった。友達もあまりいなかったようだ。とはいえ、いじめられたりとか、爪弾きにされているというわけではなかった。ほかの生徒たちと比べ、彼女は少し垢抜けていて、大人びていた。ショートカットの髪にすらっとした体つき。人を寄せつけない独特の雰囲気があった。

だから私とは、住む世界が違うと感じていたのだ。実際、同じクラスになってからも、ほとんど話したことはなかった。でも彼女のことを意識していなかったと言うと嘘になる。よく授業中などに、誰かの視線を感じることがあり、それでふと見ると、彼女と目が合うことがあった。それで慌てて目を逸らすのだ。その度に私は動揺した。

朔はいつも、どこか醒めたような眼差しをしている。だから目が合うと、もしかしたら怒っているのかもしれないと思ってしまうのだ。でも、まともに会話すらしたことがなかったので、怒られるような理由はないはずだった。そういったわけで、朔のことは少し気になっていた。

そんなある日のことだ。彼女との関係を進展させる出来事があった。その日は夏休みで、私は自宅近くの喫茶店でアルバイトをしていた。アルバイト先は、父親の友人が経営している、昔ながらの純喫茶である。人手が足りないということで、夏の間だけ手伝うことになった。

時刻は午後七時すぎ。店内に客の姿はあまりなかった。もともと客が多い店ではなく、働いていて忙しいと感じたことはない。だから私にとっておあつらえ向きの店だったのだ。その日もいつものように、好きなジャズのレコードを掛けて、静かな時間を過ごしていた。すると、ドアベルの音がして客が入ってきた。席に案内しようとして、言葉を失う。

入ってきたのは藤村朔だった。ノースリーブのブラウスにデニムのショートパンツ姿の朔。一人ではなかった。男と一緒である。歳上(としうえ)の男だ。ウェイブがかかった茶髪に金のネックレス。日に焼けていてTシャツ姿の厚い胸板が目立っている。明らかに堅気の雰囲気ではない。朔は男の腕に手を回し、私の方には目もくれない。気づいていないのだろうか。いやそんなことはない。男といるのだ。偶然私と会ったので、無視することに決めたのだろう。

動揺を抑えて、二人を席に案内する。おしぼりと水を出して、注文を取った。横目で朔の方を窺(うかが)う。濃い目のアイシャドウに、形のいい唇に塗られたリップ。ショートパンツから伸びた、すらりとした白い足がなまめかしい。学校では絶対に見せることのない魅力的な笑顔を男に向けて、なにやら楽しそうに話している。そんな彼女の姿を見て、私は平常心ではいられなかった。それから三十分ほどで二人は店を出た。最後まで彼女は、私に視線を向けることは一度もなく。

彼女が喫茶店にやって来たのは、それ一度きりだった。でも私の脳裏には、朔の姿が焼き付いて離れない。夏休みが終わった。彼女と教室で顔を合わせるが、もちろん会話などない。思い切って声をかけてみようかと考えたが、何を話したらいいか分からなかった。もしかしたら、私の勘違いなのかもしれない。あの喫茶店に現れた彼女は別人で、私が朔だと思い込んでいるだけなのだ。次第にそう考えるようになった。

そうでもしないと、気になって仕方なかった。だが新学期が始まって数日後のことだ。授業が終わり、帰り支度をしていると、朔が私の席まで来た。

「ちょっと時間ある？」

咄嗟（とっさ）のことで、すぐには返事ができなかった。まさか彼女の方から話しかけてくるとは思っていなかったので、面食らってしまった。少し考えるふりをして、ぶっきらぼうに答えを返す。

「別に……いいけど」

教室を出て、校庭を朔と並んで歩いた。何を話すつもりなのだろう。心は動揺していたのだが、なるべく平静を装うようにした。しばらく二人とも、黙ったまま歩いていた。校門を出たところで朔が口を開いた。

「あのさ、この前のことだけど」

そう言うと彼女はまた口を閉ざした。私の答えを待っているようだ。もちろん、その言葉の意味が分からないわけではない。でも、あえて返事をしなかった。すると朔は言う。

「覚えてる？　この前、喫茶店で会ったこと」

「ああ……覚えてるよ」

「知らなかったの、あなたがあそこで働いているって。だからびっくりした」

「俺も、藤村が来たから驚いた」

「だから、謝らなきゃいけないと思って。あの時は……無視したみたいになって。そういうつもりじゃなかったんだけど」

「いや、別にそんなの大丈夫だから……。俺も仕事だったし、声をかけちゃいけない雰囲気だったたから」

歩きながら、さりげなく彼女の様子を窺う。こうして話していても、朔の目から感情は読み取れなかった。そういえば喫茶店で男と楽しそうにしているときも、目だけは醒めていたような気がする。すると彼女が言う。

「もしかしたら、何か勘違いしているのかもしれないけど」

「何が」

「あの男、彼氏じゃないから……」

思わず口籠もった。何か言わなければと思い、曖昧に返事をする。

「あ、そう」

私が答えると、彼女は黙り込んだ。また無言のまま歩き続けた。耐えきれなくなって、私は声を出した。

「じゃあ、ここで……」

立ち去ろうとすると、彼女は言う。

「ねえ、あの喫茶店でまだバイトしているの」

「ううん。夏休みの間だけ」

「そう」

「じゃあ」

そう言うと私は朔と別れた。なぜだか一刻も早く、その場から立ち去りたかった。

彼女と並んで歩いていると、胸が張り裂けそうな気持ちになったからだ。でもその反面、このままずっと話していたい、そんな思いもあった。そう言えば、結局あの男との関係を訊かなかった。朔は「彼氏じゃない」と言った。しかしあの日、彼女は男の腕に手を回し、親密な様子だった。あれが恋人同士でなければ何なのだろうか。そしてなぜ、私にあんなことを言ったのだろう。

そのことを訊く機会はもうないのかもしれない。そう思っていたのだが、翌日も朔は私に声をかけてきた。そしてその翌日も……。それから私たちは、よく話すようになった。学校の帰り道、肩を並べていろいろと会話した。学校のこと。クラスメートのこと。先生のこと。時折、二人でカフェに入り、遅くまで話し込むこともあった。意外なことに、朔とは趣味がよく合った。聴いている音楽や好きな小説や映画などが、似通っていた。それに、さばさばとした彼女の性格が嫌ではなかった。だからそのときは、朔との出会いに、運命のようなものを感じていた。

でもそれから、私たちが交際するようになったかというと、そういうわけでもない。どんなに親しくなっても、彼女との間には、決して目には見えない壁のようなものがあった。朔と接し、会話を重ねれば重ねるほど、その壁の存在を思い知らされる。あるとき、彼女はこう言った。

「運命って変えられるのかな」

「どういうこと」

「私たちの人生って、もう誰かに決められているのかもしれないってこと。どんなに残酷な運命でも、どんなに悲惨な人生でも、逃げ出したり出来ず、それを受け入れなければならない」

「どうしてそんなこと言うの」

「別に、特に理由はないけど。ふとそう思ってしまったの。私の周りにいる人の人生とかを見てると」

「そんなことないと思うけど。自分の人生は自分で選択するものじゃないかな。そうじゃないとつまんないでしょ。生きているってことが」

「そうだね。じゃあさ、あなたが助けてくれる？　こんなつまらない人生から、解放してくれるかな」

　ふざけたような調子で朔は言う。だが決して、その眼差しの奥は笑ってはいなかった。私の心はざわめいた。その瞳の奥に一体何が隠されているのか、知りたいと思った。そういえば彼女は自分の生い立ちや、家族のことをあまり話したことはなかった。あの喫茶店の男との関係についても、まだ聞けずにいる。

それから、しばらくしてのことだ。放課後、校庭の片隅で本を読みながら朔が来るのを待っていた。すると、一人の男子生徒が近寄ってくる。あまり話したことはないが、同じクラスのにきび面の生徒だ。にやにやと笑いながら、私に言った。

「お前、藤村と付き合ってるのか」

「別に、そういう訳じゃないけど」

「でも近頃、やけに仲いいよな。デートしているところを見たって奴もいるけど」

自分自身、朔との関係についてはよく分からなかった。もちろん、彼女に好意を寄せていることは否定できない。でも帰宅を共にしたり、話したりするだけで、それ以上の関係ではなかった。彼女と過ごしていて、不意に抱きしめたいという衝動にかられることはあった。でも、理性がそれを抑えた。そんなことをしてしまったら、二人の関係が壊れてしまうかもしれない。そんな不安があったからだ。

「それにしても、よくあんな奴と付き合うよな」

「どうして？」

「あの女、結構やばいらしいぞ。悪い奴らとつるんで、援交やりまくってるって。金さえ払えば、何でもやらせるらしい」

その言葉の意味を咀嚼するよりも先に、怒りがこみ上げてきた。その生徒を睨みつける。しかし相手は構わずに言う。

「気をつけた方がいい。性病とかうつされるかも。あ、もううつってるか」

男子生徒は笑いながら去って行った。胸の奥底から、やり場のない憤りと屈辱のような感情がわき上がってくる。手にしていた本を、地面に叩きつけたくなる衝動にかられた。

その後、朔と落ち合っても、まともに顔を見ることが出来なかった。別に男子生徒の話を信じたわけではなかった。それに彼の話が本当だとしても、別に構わないと思った。彼女を不潔と咎めるほど、自分は聖人君子というわけではない。でもなぜかその時は、彼女の顔を見たくなかった。急用が出来たと偽り、その場から立ち去った。

帰りの電車のなかで考えた。男子生徒の話は不快だった。だが、朔が援助交際を繰り返し行っているとすると、いろいろと腑に落ちるところもある。喫茶店に彼女と一緒に来た茶髪の男。もしかしたらあの男は援助交際の相手で、彼女を買った客なのかもしれない。朔は「あの男は彼氏じゃない」と言っていた。彼女の客だとすると、納得がゆく。それと、男子生徒の話によると、彼女は悪い奴らとつるんで、身体を売っているという。この前、朔は私に自分の運命を嘆いていた。逃げ出したくても逃げられない。こんなつまらない人生から、解放して欲しいと。その言葉が、今日の男子生徒の話と符合する。やはり彼女は、売春を行っているのだ。それも、何か理由があって、誰かに強要されてやっているのだと思う。見知らぬ男に、身体を売り続けるような境遇から抜け出したいのだろう。だから自分の運命を呪い、私に助けを求めてきたのだ。感情が失われたような、朔の醒めた眼差し。やっと、その奥に秘められたものが、垣間見えてきたような気がした。彼女が抱えている闇は思いのほか深いようだ。

翌日から朔は、話しかけてこなくなった。理由は分からない。彼女を避けるような私の様子に、気がついたからだろうか。それとも、急用が出来たと、咄嗟についた嘘がばれたからなのか。授業の合間などに、気になって朔の方を見てみるが、視線が合わさることはなかった。

そんな関係がしばらく続いたある日のことだ。夜の九時を過ぎたころだった。自宅にいると、朔から電話があった。彼女が家に電話してくるのは初めてだった。近くの公園まで来ているから、今から会えないかという。

家を出て公園へと向かう。五分ほど歩いて小さな児童公園にたどり着いた。水銀灯に照らされた夜の園内。なかに入ると、片隅に佇む朔の姿があった。黒いジップパーカーにジーンズ姿の彼女。私の姿を見ると、小さく手をあげた。彼女に近寄り、声をかける。

「どうしたの、急に」

「うん……ちょっと、座らない？」

彼女に促され、近くのベンチに腰掛けた。どこか気まずい雰囲気。すると彼女が口を開いた。

「久しぶりだよね。こうやって話すの」

「そうだな」

「これ、あげる」

朔は手にしていたものを差し出した。小さな貝殻である。

「この前海に行ったとき拾ったの。丸い貝は幸せをよぶらしいよ」

貝殻を受け取り、手に取った。確かに、限りなく真円に近い形をした貝である。でもわざわざこれを渡すためだけに、電話してきたのだろうか。すると、彼女は言う。

「あ、もしかして、何か気にしてる？」

「気にしてるって、何を」

「最近あんまり、話さなくなったから……。隠さなくてもいいよ。誰かに聞いたんでしょ。私のこと。援交してるって」

普段通りの口調で朔が言う。慌てて答えを返した。

「そういった噂は聞いたことあるけど。話さなくなったのは、噂を聞いたからじゃなくて……。藤村も話しかけてこなくなったから」

「そうだね」

そう言うと朔は、小さく笑った。そして彼女は言う。

「全部本当だよ。私の噂」

その言葉を聞くと、私は黙り込んだ。

「高校に入ってから始めたの。家族のこととかいろいろとあって……それからずっと」

「じゃあ、あの喫茶店に一緒に来た男は、援交の相手ってこと？」

「違うよ。あいつにやらされてるの。あいつが客を探してきて、私が相手するの」

「そうか……」

なんと答えていいか分からなかった。すると、朔は笑いながら言う。

「あ、そんなに深刻にならないでよ。思ってるよりも簡単だから。裸になってするだけだから。だから、もし私としたかったら言ってよ。君ならお金いらないから」

そう言うと、私の手を握りしめてきた。ひんやりとした感触の手。貝殻を持ったまま咄嗟に振りほどいた。

怒りがこみ上げてくる。大切にしていた彼女への思いが、踏みにじられた気がしたからだ。それも彼女の手によって……。

それから二人は黙り込んだ。気まずい時間が流れる。ふと見ると、朔の身体が小刻みに震えていた。嗚咽を堪えている。彼女の両目から、涙がこぼれ落ちた。

「私だって、もう嫌なんだよ。でも逃げ出せない……」

初めて見る朔の涙だった。目を真っ赤にして、彼女は言う。

「このままだと殺してしまうかもしれない……。あいつのこと」

夜の公園のベンチ。小さな肩を揺らしながら、むせび泣く朔。彼女がくれた貝殻。身体が勝手に反応する。気がつくと、両手が彼女の肩に触れていた。はっとして戸惑う朔の顔。思わず抱き寄せた。

私の胸のなかに、朔が顔を埋める。石鹸のような匂いがした。初めて、彼女の体温を感じる。そのまましばらく抱き合っていた。そして彼女は言う。

「助けて。お願い……私を運命から解き放って」

その日から私は葛藤した。

何とか力になりたいと思った。でも私は高校生だった。彼女が抱えている闇と対峙するには、荷が重すぎるのではないかとも考えた。そして、そんなふうに逃げようとする自分が心底嫌になった。私は今、窮地にいる親友から目を背けようとしている。自らの運命を呪い、助けを求めてきた朔。しかし、私はそれに応えられないでいる。自分の非力さを思い知り、情けなくなった。

朔に対する感情と、逃げ出したいという気持ちが拮抗する。どうしたら彼女を救えるのか。思い悩んだ挙げ句、勇気を振り絞った。自分なりに出来る限りのことをした。だが結局のところ、二人の距離は離れていく。彼女とは疎遠になり、やがて朔は学校に来なくなってしまった。彼女に何があったのかは分からない。そのまま、朔とはもう教室で顔を合わせることはなかった。

なぜ彼女は学校を辞めてしまったのか。理由は定かではない。彼女が高校を退学する前、新聞にある死亡事故を報じる記事が載った。近くの川で、男性の水死体が見つかったのだが、それが彼女に売春を強要していた男だった。私が喫茶店で出会ったあの茶髪の男である。記事によると、なぜ男性が川に転落したのか、不明とのことだ。この事故が、彼女の退学と関係あるかどうかは分からない。以降、事故についての続報が出ることもなく、時が過ぎていった。

そして五年ほど前のことだ。仕事で東京都内の繁華街を歩いているときに、一人の女性に呼び止められた。相手の姿を見て、心臓が止まるかと思った。シックなモノトーンのスーツを着た女性。高校時代と違い、髪を長く伸ばしていたが、すぐに朔だと分かった。彼女は偶然私の姿を見かけ、思わず声をかけたというのだ。

朔は綺麗な女性に成長していた。近くの喫茶店に入って、およそ十年ぶりに話をした。その時は独身だと言っていたので、まだ青木と結婚する前だったと思う。会社に勤め、数年後に予定している大きな事業に携わっていると言っていた。高校時代の話もして、わだかまりも解けた。私の青春時代の悔恨は、これでようやく解消したと思っていた。だから、まさか彼女が急に亡くなるとは想像すらしていなかったのだ。

この前、青木と会ったとき、朔と再会したことは話していなかった。別に隠していたわけではないが、言いそびれてしまった。このルポルタージュが世に出たら、分かることではあるのだが。

※

以上が、私と死亡した青木（藤村）朔との関係である。

私の心に彼女という存在は、青春時代の傷跡として刻み込まれていた。だから、朔の死を告げられたときは、運命の残酷さに打ち震えたのだ。そしてどうしても知りたいと思った。彼女の死の真相を……。

本当に朔は「呪い」殺されたのか。彼女が滞在していた「すくいの村」とはどんな場所で、そこでどう過ごしていたのか。そして藤村朔はなぜ、死ななければならなかったのか。

3

焚火に薪がくべられる。夜空に炎が立ち上った。

これから定例の集会である。パイプ椅子に座り、隣にいた村人と雑談する。山下(仮名)という五十代のふくよかで明るい女性である。彼女はこの施設に来てもう三年ほどになるという。話の内容は、天候のことや農作物の出来具合など、他愛のないものだ。キノミヤに疑惑をぶつけたので、村人たちは私を警戒すると思っていたが、どうやら杞憂だったようだ。彼らは以前と変わらず、とても気さくで友好的である。キノミヤはこの前の私との会話について、誰にも話していないのだろうか。

山下が声を弾ませて言う。

「あら、帰ってきたわよ」

数人の村人とともに、キノミヤが広場に現れた。雑談していた滞在者らは途端に静かになった。

「一昨日から、泊まりがけで野菜の配達に出かけていたのよ」

「野菜の配達に？　体調のほうは大丈夫なんでしょうか」

質問には答えず、山下はキノミヤをじっと見ている。ほかの村人も口を閉ざし、歩いてくる彼を注視していた。彼が一同の前に立った。凛とした佇まいで、村人たちを見る。そして、燃え上がる炎を背に語り始めた。

「まずは、しばらく休んでおりましたことをお詫びしたい。本当に申し訳ない。こんな大事な時期に、身体を壊してしまうなんて、自分自身のことを情けなく思っております。全て私の不徳の致すところです。というわけなので、今日は最初にお話をしましょう。しばしの間、私の無駄話に耳を傾けて下さい」

キノミヤはにっこりと笑った。確かに、この前話したときに比べ、顔色はよくなっている。話し方も、最初に会った頃のような覇気を取り戻していた。

「ではまず、皆さんはこの言葉を聞いてどう思われますか。『例外のない規則はない』。この言葉から感じたことを、私に教えてもらえませんか」

キノミヤが村人の一人を指さした。若い男性である。男性は少し考えると、こう答えた。

「確かにその通りだと思います。規則や法律はあくまでも人間が作ったものなので、完璧なものなど存在しないと思います。例外を認めてこそ、アップデートが繰り返されて、その規則や集団が進化してゆくのではないでしょうか」

「なるほど、そうですか。ありがとうございます……ほかには何かありますか。この『例外のない規則はない』という言葉から感じることは」

「ほかにですか」

若い男性は黙り込んだ。

「『例外のない規則はない』。この言葉、よく考えると、ちょっと変ではないですか。みなさんは気づきましたか？」

一同に問いかけるキノミヤ。誰も答えるものはいない。施設の滞在者らはじっと考え込んでいる。

「実はこの『例外のない規則はない』という言葉自体が矛盾しているということなんです。一体どういうことなのでしょうか。説明しましょう。この『例外のない規則はない』という言葉そのものが一つの規則ですよね。ですから『例外のない規則はない』という規則通りに考えると、この規則にも例外があるということになります。この『例外のない規則はない』という規則の例外は、ただ一つです。『例外のない規則はある』ということ。でもそれは、『例外のない規則はない』という言葉と相反していますよね。果たして例外のない規則はあるのか。それともないのか。一体どっちなんでしょうか。頭がこんがらがってきます」

そう言うとキノミヤは一旦、言葉を切った。ゆっくりと一同を見渡しながら言う。

「つまり、この『例外のない規則はない』という言葉自体が自己矛盾したナンセンスな規則ということになるんです。同様の例はほかにもあります。例えば『張紙禁止』と書かれた張紙。『静かにしろ』という怒鳴り声。『その質問には回答しない』という回答。このように理屈が逆転していたり、論理が矛盾しているようなことをパラドクスと言います。パラドクスとはギリシャ語で『逆らって』とか『反対の』という意味の『パラ』と、『定説』や『真理』という意味の『ドクサ』を組み合わせた言葉です」

キノミヤは語り続ける。よく通る聞き取りやすい声が、夜の森のなかに響いている。

「パラドクスの代表的な例としては『アキレスと亀』という話があります。みなさんも聞いたことがあるかもしれませんね。これは古代ギリシャの哲学者ゼノンが提唱したパラドクスです。アキレスと亀がいて、両者が徒競走したと仮定します。亀にはハンデイキャップが与えられ、アキレスより少し先からスタートすることにしました。『アキレスというのは、ギリシャ神話に登場する英雄で、とても足が速いんです。『アキレス腱(けん)』の語源にもなっていることで有名ですよね。そんなアキレスだから、亀に負けることなどないはずです。でもゼノンは、絶対にアキレスは勝てないと言います。なぜなら、両者が同時に走り出して、アキレスが亀のスタート地点に到着したときには、いくら足が遅い亀でも、それより先に進んでいるはずだからです。次にアキレスが亀のいた場所に着いたときは、亀はさらにその先に進んでいることになります。だから、それをどんなに繰り返しても、アキレスは永遠に亀には追いつけないというわけなのです。そう言われると、確かにそのような気もします。でも現実はそんなことはありません。本当にアキレスと亀が競走したら、すぐに追い抜いてしまうでしょう。でも、この話を聞くと納得しそうになりますよね」

一同は黙ったまま、熱心に耳を傾けている。キノミヤの話は続く。

「もう一つ、パラドクスの例を挙げましょう。哲学者エウブリデスは言いました。『私は嘘つきである』。さて、彼は本当に嘘つきなんでしょうか。皆さんはどう思いますか」

そう言うと彼は口を閉ざした。一同を見渡すと、言葉を続ける。

「『私は嘘つきである』。一見何の変哲もない言い回しに思えますが、よく考えるとこの言葉は矛盾しているんです。もし本当に、その言葉通り彼が『嘘つき』だとすると、『私は嘘つきである』という発言も嘘ということになります。つまり彼は『嘘つき』ではなく、『正直者』だということになるんです。では、エウブリデスは『正直者』であると仮定したらどうでしょうか？　今度は、『私は嘘つきである』という言葉は正しいということになり、彼は、『嘘つき』だということになります」

キノミヤは村人たちに問いかける。

「このように、『嘘つき』と仮定すれば『正直者』であるという結論が得られ、『正直者』と仮定したら『嘘つき』になってしまう。仮定と結論が常に逆になり、彼が本当のことを言っているのか、それとも嘘をついているのかが判断できなくなるというパラドクスなんですね」

静まりかえった広場。炎だけの薄暗闇のなか、キノミヤの話にじっと耳を傾けている村人らの瞳(ひとみ)が煌々(こうこう)と光っている。

「なぜギリシャの哲学者たちは、このようなパラドクスを提唱したのか。わけの分からないクイズのようなことをして、暇つぶしをしていたのではありません。対立する学派を論破するために、パラドクスは考案されたんです。パラドクスとは、一見もっともらしい前提から出発しながら、矛盾や、常識に反する結論に導く論法なのです。真理や常識に反する言明、矛盾した言葉の使用や、常に逆さまになる論理など実際にあり得ない状況を提示し、そこから物事の本質を深く考察するのです。そうしていくうちに思いがけない発見をしたり、論理学の論争のきっかけになることもあったそうです。相手の言っていることは、本当に真実なのか。自分が信じているものは、もしかしたら何の根拠もない単なる思い込みではないのか。今自分がいるこの世界で、真実とされているものは本当に正しいことなのか。そういった世界の真理を追求する思考の糸口として、パラドクスはあるんです」

そこまで言うと、キノミヤは口に手を当ててわずかに咳き込んだ。村人たちは心配そうに彼の様子をうかがっている。再び彼が語り出した。

「文明の発展において、このパラドクスという概念は大きな役割を果たしてきました。『毒と薬は紙一重』という言葉があります。例えば、アヘンに含まれるモルヒネは、乱用すると呼吸麻痺を起こしますが、適切に使うと麻酔剤や鎮痛剤になるのです。ヘビの毒は、生物の細胞の活動を停止させ、壊死させてしまう危険性がありますが、手術の際に細胞を麻痺させるために使用されたり、がん細胞の増殖を抑制する効果があります。このように人を殺傷する毒が、時として人間の病気を治療する薬になるのは、ある意味パラドクスと言えるでしょう。生と死という概念もパラドクスです。生きるためには必ず死ななければならないからです。どういうことかというと、髪の毛が新しく生えてくるとともに、古い毛は抜け落ちます。これと同じことが私たちの細胞でも、無数に繰り返し起きているんですね。細胞を作る原子は、短いもので三日、長いものでも一ヶ月くらいかけて入れ替わっています。私たちの身体は、原子の乗り物であって、常に生と死の拮抗によって成り立っているということなんです。地球の生態系もそうです。生命が生き続けるためには、ほかの生物の命を奪い続けなければならない。こうして生と死のパラドクスを繰り返しながら、地球の生命は何十億年とかけて存在し続けているのですね」

村人たちは興味津々の顔つきで、キノミヤの話に耳を傾けている。

「このように我々人類は、自然科学界に存在するパラドクスに着目し、これらの原因を究明しました。そして、そこから従来の科学法則の矛盾を見出したり、新たな発見を得るなど、科学の発展に役立ててきたのです。しかし、ここにも複雑な問題があります。そういった科学の発達や文明の発展が、本当に人間のためになっているかということなんです。私は文明の発展こそが、パラドクスではないかと思うんですね。世の中が近代化して、我々の生活も合理化効率化され、とても便利になりました。その分時間も生まれ、人間的な生活が出来るはずなのですが……。いかがですか。そうなっていますでしょうか。かえって忙しくなったと思いませんか。文明が発展すればするほど、便利になればなるほど、仕事は増えて行き、人間的な生活が出来なくなる。これこそがパラドクスではないでしょうか」

キノミヤが一同を見渡して言う。

「例えば新幹線を使えば、東京、大阪間が二時間半で結ばれ、飛行機に乗れば日本中どこの都市でも、日帰りで往復できます。しかし、その節約された時間がそのまま休暇になるわけではないですよね。効率化された分、さらに仕事は増えたのではありませんか。インターネットなどの情報網の発達により、人間同士の連絡ツールも格段に進化しました。パソコンや携帯で簡単に相手と連絡を取り合い、瞬時に意思疎通を図ることが出来ます。複数の相手と同時に会話したり、書類のやりとりや記録を残すことも可能です。でも本当に便利になったのでしょうか。メールが来たら、それに目を通して、返事を送らなければなりません。一通や二通だったらいいのですが、仕事の場合は量も多く一苦労です。そのために携帯やパソコンに縛られ、多くの時間が費やされるというわけです。いわばメールの奴隷（どれい）ですね。私などは、却（かえ）って携帯とかパソコンがなかった時代の方が、人間は豊かな生活を送っていたのではないか、という気がしてならないのです」

熱心に、キノミヤの話を聞いている村人たち。なかにはしきりに、うんうんと頷いているものもいた。

「便利になるというのは、人間的な生活を送ることが出来るようになる、というわけではないんです。文明が発展すればするほど、便利になればなるほど、人間は忙しくなるという矛盾。我々はこういったパラドクスを前提とした社会のなかで生きているというわけなんですね。だから、ここにいるみなさんには、そういった目線を持って頂きたいと思うのです。文明社会を逆説的に捉えることができれば、人間的な豊かさとはなんなのか、決して、その本質を見失うことはないはずだからです。このように、世界はパラドクスに満ちあふれています。私たちの周りにちりばめられた違和感。この世の矛盾をもっと注意深く探索すれば、もしかしたら、世界の真理にたどり着くことができるかもしれませんね」

三日後、一人の村人が施設を出て行った。卒業するのは、集会の時に言葉を交わした山下という女性である。盛大な送別会が開かれ、牛肉や伊勢海老などを使った料理が振る舞われた。涙を流しながら別れを惜しむ彼女と村人らの姿を目にして、私も目頭が熱くなった。

　それから数日が経った。

　朝食が終わり、ロッジで原稿の整理をしていると、ノックの音がした。玄関に向かい、ドアを開けると、ジャージ姿の小柄な女性が立っている。数日前にインタビューさせてもらった村人の一人だ。顔は年の割に幼く、最初に会ったときは十代かと思ったが、実際は二十八歳だという。

「あ、すみません。お仕事中でしたか？　今少し時間よろしいですか」

「大丈夫ですよ。この前は取材に協力して頂いてありがとうございました。プライベートの話まで、いろいろと訊いてしまって、申し訳なかったです」

「いえ、とんでもありません」

　彼女はかぶりを振った。

「少しでもお役に立てればと思って。この村のためですから」

　色白の顔を赤らめて、照れくさそうに笑う。彼女は私の申し出にいやな顔一つせず、取材に応じてくれた。あどけない少女の面影が残っているが、その話は凄絶なものである。彼女は好意を持っていたミュージシャンの男性と結ばれ、同棲するようになったという。だが、度重なる暴力に加え、妊娠や堕胎を繰り返し、やがてぼろ雑巾のように捨てられてしまった。茫然自失となり、毎夜水子の夢に苛まれ、相手を殺して、自殺することも考えた。だが何とか思い止まって、この施設にやって来たというのだ。

「あの、これ作ったんで。もし、よかったらと思って」

そう言うと彼女は、紙の包みを差し出した。

「アップルパイです。お口に合うかどうか分かりませんけど」

「そんな、わざわざすみません。お礼をしなければならないのは僕の方なのに」

「いいえ……そんなことはありません。とても感謝しているんです。話を聞いてもらって、気分が和らぎました。取材を受けたあとは、なぜか心が洗われたみたいな気持ちになって。こんなの初めてです。本当にありがとうございました」

「そうですか。それはよかった」

「よかったら食べて下さい。手作りなんです。田舎の青森から、林檎を沢山送ってもらったので、作ってみました。甘いものはお嫌いですか」

「いいえ大好きですよ」

「よかった」

女性の顔に、純朴そうな笑みが浮かび上がった。彼女の笑顔を見て、こちらも心が洗われたような気分になる。

「どうですか、取材の方は」

「おかげさまで、順調です。みなさんとても協力的ですので」

「そうですか。それはよかった。ルポルタージュ読むの、とても楽しみにしています。くれぐれもお身体に気をつけて、頑張ってください」

「ありがとうございます」

包みを受け取ると、女性は丁寧に頭を下げて、去って行った。

早速コーヒーを入れて、アップルパイを食べることにした。包みを開けて、切り分けられていたパイの一片を口に入れる。ほどよい甘みと酸味のバランス。とても旨い。しっとりとした生地の食感も私好みだ。手作りにしては、なかなかの出来である。そう言えば彼女は洋菓子店でパティシエを目指していたと言っていた。コーヒーを飲んで、しばし至福の時に浸る。口のなかに残る林檎の酸味と、コーヒーのほろ苦さが混ざり合い絶妙だった。ふと窓外を見る。ロッジの窓から見える山の木々の色は、もうすっかり紅く色づいていた。相変わらずののどかな日々が続いている。この施設にいると、本当に時間の流れを忘れてしまいそうだ。

あれから特に大きな収穫はなかった。彼らが、危険な集団であるという証拠は得られず、呪いの儀式を行っているような気配も見られない。朔を知るという村人も現れることなく、彼女がここでどう過ごしていたのかも分からなかった。

　朔の夫である青木伊知郎は、妻は復讐のために呪い殺されたのだと信じている。施設を裏切って逃げ出したので、彼女は報復されたのだと。私はもちろん、呪い殺されたとは考えていない。だが朔が裏切って、施設から逃亡したというのが本当ならば、彼らの憎悪の対象になっていたという推測は否定できない。朔の死と、この施設の間には、何かしらの因果関係がある可能性は高い。彼らは呪いなどではなく、もっと実現可能な方法で殺害したのだ。そうすれば、朔はあたかも「呪い殺された」ようになり、彼女の夫や周囲のものに恐怖を与えることが出来る。実際、青木伊知郎は、妻は呪い殺されたのではないかと思い込んでいるのだ。彼らは呪術を使うふりをして、実際はもっと別の物理的な方法で復讐相手を殺害しているのかもしれない。と、ここに来るまでは、そう考えていた。

　だが実際にこの施設を訪れて、その推測は脆くも崩れかけている。「すくいの村」に来て一ヶ月半ほどになるが、そういったきな臭い雰囲気は微塵も感じられない。ここに集う人々はみな誠実で、真摯に社会復帰を目指しているように思うのだ。彼らはみな、心に傷を負ってこの施設に来たのだという。私が目の当たりにした彼らの姿は、自らの心のなかにある「呪い」から解放されるために、懸命にもがいている無垢(むく)の人々でしかない。キノミヤは、恨みや憎しみを克服できれば、そこには大いなる至福が待ち受けていると言った。一人でも多くの人が、呪いや復讐の念から解き放たれ、新たなる境地に昇華することが願いであると……。この村の人々の姿を見ると、あながちその言葉も嘘とは思えない。自分は何か大きな勘違いをしているのかもしれない。私自身もこの施設に滞在して、心身ともに癒やされているのは紛れもない事実なのだ。

　先ほどの女性もそうだが、村人たちは、私に対して本当によくしてくれる。ルポライターである私を、邪険にするようなものは一人もいない。普段も気軽に会話をし、私の体調を気にかけてくれたり、とても気を遣ってくれるのだ。純朴な彼らとの触れ合いに、心が浄化されるような気持ちになる。この施設が危険な集団かもしれないという疑惑を抱いていることに、後ろめたさを感じるほどだ。
では、この施設と朔の死が関係ないとしたら、一体なぜ彼女は命を落としたのだろうか。朔が死んだのは偶然で、単なる心不全による突然死にすぎなかったのか。

　その日の午後、私はロッジを出て、施設の敷地内を歩いていた。清々(すがすが)しい秋晴れの日だった。見上げると群青(ぐんじょう)の空に、うろこ雲の固まりがふわふわと漂っている。共用棟に入り、食堂を通りすぎた。廊下の奥にある浴場に向かい、手前の暖簾をかき分ける。脱衣場では、床にブルーシートが敷かれ、エプロン姿の村人が準備を始めていた。洗面台の横には、本格的な鋏や櫛などがずらりと並んでいる。

「あ、すみません。わざわざ僕のために」

「いいから、いいから。さあ座って」

「それにしてもすごい。本格的ですね」

男性に促され、シートの上に置いてある椅子に腰掛けた。男性の名前は野瀧（仮名）という。彼は以前、地元で理髪店を経営していた。私が座ると、手際よく理髪用のケープを巻いてくれる。私が座っている椅子は脱衣場の鏡と対面しており、さながら理髪店のようだ。鏡越しに野瀧が言う。

「お待たせ。どんな感じに切りましょう」

「では、今のまま少し短くしていただけますか」

「分かりました」

霧吹きを使って、私の髪を櫛でときだした。彼は気風がよくて心地がよい。作業を見ながら、野瀧に話しかける。

「それにしても、ここの風呂は広いですね。まるで旅館に来たみたいです」

「ああ、そうだね。風呂場が広いに越したことはないよ。入浴以外にも、色々と使えるし」

「いつもこうやって、みんなの髪を切っているんですか」

「気の向いたときだけね。俺に出来ることは、これくらいしかないからさ」

「野瀧さんはここに来てどれくらいになります？」

「そうね……もう二年くらいになるかな。こんなに長くいるつもりはなかったんだけど。この村は、居心地がいいでしょ。だからねえ」

そう言うと野瀧は、鋏を手に取り、ざくざくと私の髪を切り出した。

「とはいえ、ここを出て行く人を見ると羨ましいと思うこともあるね。ほらこの前、村を卒業した人がいたでしょ。生きる希望が湧いてきたって、村を出て行った女の人」

「山下さんですよね」

「そうそう。ああいう人を見るとね。勇気づけられるというか、自分も早くああなりたいって思うよね」

「とても盛大な送別会でしたね」

「キノミヤさんはとても情に厚い人だからね。彼女のためにって、配達のときに、たくさんのご馳走を買い込んできてね」

「そうだったんですね」

髪を切ってもらいながら、野瀧と会話する。こうして彼と落ち着いて話をするのは初めてだった。彼は村人のなかでは古株の方である。ここに来た当初から、取材を申し込んでいたのだが、なかなか色よい返事がもらえていなかった。だが昨夜、夕食時に村人らと世間話をしたとき、話の流れで、野瀧に髪を切ってもらうことになった。そういえばここに来て、もう五十日ほどになる。髪も伸びてきた。そのことが話題になり、村人の提案で野瀧が散髪してくれることになったのだ。そのついでだったら、話を訊いても構わないという。

鏡越しに、彼に向かって言う。

「野瀧さんは、なんでこの村に来たんです」

「いきなり、それ聞く？」

「すみません」

「いいよ。別に……。何でも正直に話すよ」

「ありがとうございます」

私の髪を切りながら、野瀧はぼそぼそと語り出した。

「俺には娘がいてね。一人娘なんだけど、小さい頃に妻を病気で亡くして、男手一つで育てた娘なんだ……。店もよく手伝ってくれてね。自分は美容師になるんだって、美容系の専門学校に行くことになっていたんだけど……高校を卒業する間際に、娘も死んじまって」

「娘さんもですか」

「ああ、交通事故だったんだけど……自転車に乗っているところを車に轢かれてね。それで裁判になって、相手は娘が飛び出してきたからだとか、いろいろといちゃもんつけてきて。一言も謝りもせずにね、人の娘殺しといて……」

「相手はどんな人だったんです」

「三十くらいの男だった。どこかの会社に勤めているサラリーマンって言ってたね。いっぱしに嫁と子供もいるらしくて。それで結局、執行猶予がついてね、相手は刑務所に行くこともなく、のうのうとまた家族で暮らし始めたというわけ。俺はどうしてもそれが納得できなくてね。絶対に許せないと思って」

野瀧の言葉が熱を帯びてきた。鋏を持っているので迫力がある。ちょっと怖かったが、我慢して話を聞く。

「だから、最初はあいつのことを殺してやろうと思ったんだ。包丁を隠し持って、家の前まで行って待ち伏せして。それで待っているうちに別の考えが浮かんできて。あいつを殺しただけでは、気持ちは晴れないんじゃないかって。あいつを苦しめるためには、自分も同じように子供を殺るしかないと思ってね。自分の子供を殺されたらどんなに辛いか。あいつも人の親だからさ、その気持ちを味わわせてやろうって……。そう決意してね、家の前で子供が出てくるのをずっと待っててね。でも、玄関から出てきた子供の顔見ると、やっぱり出来なくて……。ランドセル背負った可愛らしい男の子でね。そこで、はっと思ってね。自分は何て恐ろしいことを考えていたのかってね。鬼だよね。自分は鬼になって、地獄に落ちるところだったってことに気がついてね。それで、あきらめて帰ったんだけど……。やっぱり死んだ娘には申し訳なくて。結局、何も出来ない自分が情けなくなってさ。それでまあ、自暴自棄になったというか……妻が死んで娘もいなくなって、何で自分が生きているのか、分からなくなって。それで店を売って仕事辞めて、この施設に転がり込んだというわけ」

髪を切りながら、切々と語る野瀧。細かい皺が刻まれた浅黒い顔には、亡き娘に対する切実な思いが滲み出ている。

「どうですか。この施設に来て、何か変わりました?」

「さあ、どうだろうね。よく分からねえな」

「気持ちの変化とか、ありましたか」

「おんなじだよ。ここに来た時と……。あの男のことが憎くて憎くてたまらない。殺してやりたいと思っている。その気持ちはずっと変わらない」

「でも野瀧さんは、何かを変えようと思ってここに来たんでしょう」

「ああ、そうだけど。そう簡単なもんじゃないんだよ。一度人を恨んだら、なかなかその憎しみは消えてくれない。だから苦しいんだ」

「では二年もここにいるのは、憎しみが消えないからなんですか」

「ああ、そうだよ。今この施設を出たら、間違いなくまたあの男を殺しにいくと思う。あいつの家族も殺そうとするかもしれない。だからここにいるんだ……。それと、この施設にいる理由はもう一つある」

「もう一つ……なんですか、それは」

「キノミヤさんだよ。俺はここに来て、あの人にずいぶんと助けられた。キノミヤさんは本当に素晴らしい人だ。俺たちみたいな人間のために、身を粉にして頑張ってくれている。あの人と出会ってなければ、自分はどうなっていたか分からない。だから、今は恩返しをする番だと思っているんだ。しばらくはここにいて、あの人の力になりたいと考えている。自分が出来ることだったら、何でもするつもりだ」

会話とともに散髪も進んでゆく。髪が短くなると、気分もさっぱりしてきた。すると野瀧が言う。

「そういえばあんた、朔さんと知り合いなんだって？」

不意を突かれ動揺する。まさか彼の口から、朔の名前が出るとは思っていなかった。咄嗟に答えを返す。

「ええ、そうです。高校の時の同級生でした」

実は、私が一番訊きたかったことである。彼は村人のなかでは古参なので、朔のことを知っているかもしれないと思っていたのだ。様子を窺って質問しようと考えていた。

「どうして、僕と青木さんが知り合いだって知っているんですか」

「キノミヤさんに聞いたよ。彼女亡くなったんだって？　まだ若いのにね、可哀想に……」

「ええ、そうなんです。突然だったそうです。心不全で倒れたとかで。青木さんとは、お話とかされたことはありますか」

「ああ、もちろん。よく頑張る娘さんだったよ。自分のことだけじゃなくて、村人たちのために一生懸命働いていた。キノミヤさんも彼女のことをとても信頼していたんじゃないのかな。施設のこととか、村人の世話とかよくやってくれたから」

「どうして彼女は、この村に来たんでしょうか。その経緯とかご存じですか」

「さあ、詳しくは知らないけど、ここに逃げ込んできたらしいよ。彼女の旦那というのが、普通じゃないらしくて、もう一緒に生活することは出来ないって」

「旦那さんがですか……。普通じゃないって、どういうことです？」

「彼女を束縛するというか、それが度を超えていたそうだ。精神的にも不安定で、いきなり殴られるようなこともあったらしい。朔さんを連れ戻しにここに来たときに旦那の顔を見たけど、確かに尋常な様子ではなかったよ。目つきとかちょっと、普通じゃなかったからね。彼女も戻りたくはなかったんだろうけど、旦那が大暴れでもして、施設に迷惑がかかったらいけないと思ったんじゃないのかな。渋々旦那と出て行ったよ。それで、キノミヤさんも落ち込んじゃってね。ずっと彼女に目を掛けていたから。心配していたと思うよ」

「そうだったんですね……」

野瀧の話を聞いて、言葉を呑み込んだ。私の知っている青木は、穏やかな腰の低い男だった。今の話と、印象は正反対である。

「だから俺も、朔さんが亡くなったって聞いて驚いたんだよ。この施設にいるときは、溌剌（はつらつ）としていたからね。キノミヤさんと一緒に、村人たちのために頑張ってくれていたんだ。まさか彼女が亡くなるなんて。運命というのは残酷だね……。何も悪いことしてない人の方が不幸な目にあって、そうでない方が生き残る。ほんと、嫌になっちゃうよ」

もみあげを切り揃（そろ）えると、野瀧は鋏を置いた。鏡を見ると、こざっぱりとした自分の顔が映っている。私の身体（からだ）に付いた毛をブラシで払い落としながら、野瀧は言う。

「さあ、お待たせ。終わりだよ」

「ありがとうございます。お陰さまでさっぱりしました。あの、お代の方は」

「いらない、いらない。あんたから金を取るわけにはいかないよ」

「でも、それじゃ」

「別に商売と思ってやったわけじゃないからさ。俺の気持ちだよ」

「そうですか。それはすみません」

「ところで、いつまでこの施設にいるの」

「さあ、分かりません。でもみなさん良くしてくれるんで、もうしばらくは滞在しようと思っています」

私がそう言うと、野瀧は目尻（めじり）に皺を寄せて、人懐（ひとなつ）こい笑みを浮かべる。

「そうか。それはよかった。みんな感謝してるんだよ。あんたがこの村に来てくれて」

その言葉を聞いて、少し嬉しくなった。

「本当ですか」

「ああ本当だ。あんたの人柄だよ。俺たちの話を真摯に受け止めてくれるからね。また髪を切りたくなったら、いつでも言ってよ。俺に出来ることは、これくらいしかないけど」

4

滑り込むように、電車が地下鉄駅のホームに入ってきた。

目的の駅に到着する。車内アナウンスとともに、ドアが開いた。数名の乗客がホームへと降りてゆく。私も乗客の流れに乗って、電車の外に出た。

自動改札を通り、駅の階段を上る。大勢の通行人が行き交う都心の繁華街。

時刻は二時五十分。都会の空は一面、重たい雲に覆われていた。人混みを歩いていると、次々と通行人が足早に私を追い抜いてゆく。思わず苦笑する。時間が止まったような場所にいたので、まだ都会のスピードに付いていけないのだ。少し歩くと、目的地のファミリーレストランの看板が見えてきた。店舗の前まで行き、入口のドアに手をかける。

あれから五日が経った。

私は施設を出て東京に帰ってきた。野瀧の話を聞いて、どうしても確かめたいことがあったからだ。彼は施設にいるときの朔の様子を教えてくれた。その話が、彼女の夫である青木伊知郎の話と、大きく食い違っていたのである。青木は私にこう言った。

――朔は拉致されたような状態で監禁されており、受け答えも曖昧ではっきりとはしていませんでした。きっと彼らに洗脳されたんです――

だが野瀧の話では、朔は「施設にいるときは、溌剌として」おり、施設や村人たちのために働いていたという。さらに青木は、朔が「精神的に追い詰められていた時期があって」施設を訪れたと説明していたが、野瀧は、彼女が施設に来た理由は、精神状態が普通じゃない夫から逃げるためと言っていた。一体どちらの言うことが本当なのだろうか。

これまでの取材に鑑みると、野瀧の方が正しいと思わざるを得ない。私は一ヶ月以上、「すくいの村」に滞在した。その結果、あの施設から、噂されているような危険な集団であるという要素を見つけ出すことは出来なかった。儀式や呪術を行っている様子も一切なかった。施設で暮らしていたのは、健気に心の救いを求めている無垢の人たちである。キノミヤの言う通り、心ない誰かが、施設と酒内村の伝説を勝手に結びつけて、噂が一人歩きしたのだろう。ではなぜ青木は私に、「妻が彼らに呪い殺されたのかもしれない」などと言ったのか。

もう一度青木と話す必要がある。そう思い、東京に戻ることにした。心残りは、この前野瀧に言った「もうしばらくこの施設に滞在する」という約束を実行できなかったことだ。彼らは本当に良くしてくれたし、正直言うと施設を離れたくないという思いもあった。もう少し滞在して取材を続けてもよかったのだが、朔の死の真相を知りたいという気持ちには勝てなかった。だから、私は施設での取材を切り上げ、荷物をまとめて東京に戻ることにしたのだ。

村を出る日、キノミヤをはじめ、村人らが総出で私を見送ってくれた。

「もう少し、施設にいてもらうわけにはいかないのかね」

野瀧が残念そうな声で言う。洗濯物を干しながら話をした老婦人も、この前アップルパイを持ってきてくれた女性も、目に涙を溜めて私を見ている。村人たちは皆、名残惜しそうな様子だった。もちろん私だって、彼らのことは大好きだ。苦渋の思いを振り切るかのように、村人たちに向かって言う。

「ありがとうございます。僕のようなものにこんなによくしてくれて、皆様のことは生涯忘れることはできないでしょう。もう少しここにいて、取材を続けたいという思いもあるのですが、僕にはやらなければいけないことがあるんです。キノミヤさん、そして村人の皆さん、本当にお世話になりました」

こみ上げてくる涙を堪えながら、私は深々と頭を下げた。村人の一人が口を開く。

「キノミヤさん、本当にいいんですか」

「これ以上引き止めても無駄でしょう」

そう言うとキノミヤはゆっくりと歩き出した。私の前まで来ると、穏やかな声で言う。

「あなたとの別れはとても残念です。でも、これも新しい門出だと思い、祝いましょう。感謝するのは我々の方です。あなたの存在によって、我々はどんなに勇気づけられたことか。きっとまたいつか、会える日が来るのを信じています。それまではくれぐれもお身体を大切になさって下さい。心からそう願っています」

「ありがとうございます」

それから私は、村人の一人一人と別れの握手を交わした。そして後ろ髪を引かれる思いで、施設を後にしたのである。


ファミリーレストランの店内に入ると、待ち合わせの相手は先に来ていた。

出版社に勤務する石川という編集者である。私に青木を紹介してくれた人物だ。彼の席まで行き、分厚い束の原稿を読みふけっている石川に声をかけた。

「申し訳ありません。突然呼び出したりして」

「いえ、大丈夫です。ご無沙汰です」

対面に座り、荷物を置く。すると石川が言った。

「近頃はどうされているんですか。お忙しいのでは」

「いや、別にそういうわけでは……。ぼちぼち次の取材のテーマを考えたりしてますよ」

言葉を濁した。彼に「すくいの村」の取材を行っていることはまだ話していなかった。取材のきっかけが旧友の死という個人的な事情なので、ルポルタージュとして客観的なものになるかどうかいささか不安だったからだ。それにあの施設が、危険な団体かどうかも分からなくなってきている。だから、もう少し取材が進んでから、相談をしても遅くないと考えていた。

ドリンクバーに行き、アイスコーヒーを注いで席に戻ってくる。石川と少し雑談してから、本題を切り出した。

「それで今日は、仕事の話ではないので恐縮なんですが……ちょっとつかぬ事をお伺いしたいと思いまして」

「ええ、何でしょうか」

「少し前のことなんですが、紹介していただいた、青木さんのことでお聞きしたいことがあって……」

「青木さん？」

「青木伊知郎さんですよ。ほら、ホテルのロビーで偶然会ったじゃないですか」

少し考えると、石川の表情が変わった。

「ああ……思い出しました。青木さんですね。彼がどうかしましたか」

「いや、ちょっと相談したいことがあって、連絡したんですがなかなかつながらなくて。それで、何かご存じないかと思いまして」

東京に戻ってから、未だ青木伊知郎に会えないばかりか、連絡すら取れていない状況だった。携帯電話もつながらず、会社に電話しても誰も出ない。メールを送っても返信はなかった。一ヶ月前は、閲覧することが出来た青木の会社のホームページも、今は閉鎖されて見られなくなっている。それで不審に思い、彼を紹介してくれた石川に聞いてみることにしたのだ。

「連絡がつかない……そうなんですか」

「ええ、何か心当たりはありますでしょうか」

「実は……私も彼のことをよく知らないんですよ」

「え、そうなんですか」

意外な彼の言葉に、思わず声を上げた。

「あのホテルのロビーで会う前に、彼と会ったのは確か一度だけなんですよ。突然、会社に私を訪ねて来てね。雑誌に自分の会社の広告を出したいと言ってきて……」

「じゃあそれまでは、青木さんとは面識はなかったということなんですね」

「ええ、その時が初めてです。それであの後、広告の話も立ち消えになりました。こちらが電話しても出ないし、彼からも一切、連絡がありませんから」

私は口を閉ざした。石川から、彼から、青木に関しての情報が得られると思っていたのだが、彼のことはよく知らないというのだ。一体これは、どういうことなのだろうか。私は青木と石川が親しい間柄だと思っていたのだが、ホテルのロビーで会う前は、彼と会ったのはたった一度だけだったという。

石川と別れ、ファミリーレストランを出る。夕暮れが近づき、さっきより人通りは増していた。雑踏のなかに身を委ね、考え込んだ。

まるで狐につままれたような感覚である。一体これはどういうことなのか。もしかしたら、青木との出会いは偶然ではなかったのかもしれない。ふとそんな想像が頭をよぎった。彼は私と知り合いになるために、わざわざ石川のもとを訪れ、面識を得ていたのだ。青木との出会いは、事前に仕組まれていた……。だがもしそうだとしたら、一体なぜそんな手の込んだことをしたのだろうか。

やはり青木伊知郎という男は、信用のおけない男である。「妻が呪い殺されたかどうか、調べて欲しい」。そう依頼されて、私は「すくいの村」に潜入した。青木は彼らのことを、新興宗教まがいの危険な集団だと言った。でも実際に取材してみると、彼の話とは大きく食い違っていた。「すくいの村」の村人たちは、ただひたすらに心の治療を求める純粋な人々であり、彼らは呪いで人殺しを請け負うような（そういったことを信じ込んでいるような）、狂気の集団などではなかった。逆に胡散臭いのは、青木の方だったのだ。

私はまんまと騙されたのかもしれない。一体なぜ、偶然出会ったかのような手の込んだことをして、接触してきたのだろうか。そしてなぜ「妻が呪い殺されたかどうか、調べて欲しい」と、私に「すくいの村」の取材を依頼したのか。

翌日、私は都心にあるオフィス街の道路を歩いていた。

再開発された高層ビル群を仰ぎ見ながら、進んでゆく。路地に入り、裏通りに足を踏み入れた。飲食店や雑居ビルが建ち並んでいる通りである。表通りの近代的な街並みとは違い、昭和の風情が残されている。そのまま通りを歩いてゆくと、視線の先に一棟の雑居ビルが見えてきた。

コンクリートの外壁が黒く煤けた、古びた建物である。入口の前で立ち止まり、ポケットから一枚の名刺を取り出した。青木に初めて会ったときに、受け取った名刺である。名刺に書かれたビル名と、建物の看板を照らし合わせる。間違いない。このビルのなかに、青木が経営する輸入関係の会社があるはずなのだ。

入口のドアに手をかけると、すんなりと開いた。オートロックのようなものはなく、誰でも入れるようだ。狭く薄暗いエントランス。ほかに人の気配はない。管理人室も不在だった。正面の一基だけあるエレベーターに乗り、四階のボタンを押す。

エレベーターのドアが開き、四階に到着した。外廊下を歩き、名刺に記された部屋番号の前で足を止める。ここが青木の会社のはずである。だが看板や表札の類は掲げられていない。ドアポストを見ると、埃の被った郵便物やダイレクトメールの束が、無造作にはみ出ていた。もう何日も、誰も来ていないのだろうか。

インターフォンを押してみる。案の定返事はない。何度か押してみるが反応はなかった。ドアをノックして、声をかけてみるが同じだった。念のため、ドアノブに手をかけて回してみた。もしかしたら、居留守を使っているのかもしれない。だがやはり鍵がかかっていて、ドアは開かなかった。

あきらめて辺りを見渡す。隣の部屋の前まで行き、インターフォンを押した。どうやら隣室は、デザイン関係の事務所のようである。ドアが開き、女性の社員が出てきて応対してくれた。青木の会社について聞いてみる。彼女の話によると、青木の会社はずっと誰もいないような状態だという。もう何ヶ月も、人が出入りする気配はないとのことだった。建物を所有している管理会社の連絡先を教えてもらう。ビルを出て、携帯電話で管理会社に電話してみた。担当者によると、ここ最近は家賃も振り込まれていないという。青木とも連絡が取れず、担当者も困っていると嘆かれた。

丁寧に礼を言って電話を切る。これで手がかりは途絶えてしまった。彼は完全に雲隠れしたようなのだ。何とか青木に会って、事件の真相を問い質したいと思っていたのだが、今はその消息すら分からない状態である。青木伊知郎という男は一体何者なのか。

それから青木のことについて、いろいろと調べてみた。情報はあまりなかったが、彼の会社と取引していたという人物に連絡がついた。会って話が訊きたいと言うと、時間を作ってくれることになった。以下はその人物とのやりとりである。相手は古美術関係の会社に勤務する四十代の男性。品のいい感じがして、仕立てのいいスーツを着ている。取材は都内の喫茶店で行われた。

「お忙しいところ時間を作っていただき、ありがとうございます。早速ですが、青木伊知郎さんとはどういったご関係でしょうか」

「仕事の関係で知り合いました。うちの会社の取引相手です。打合せで何度か、食事をしたことはあります。付き合いでゴルフに行ったこともありますが、プライベートの付き合いとかは全くないです」

「なるほど。彼の会社には、ほかに社員はいましたか」

「社員には会ったことはなかったですね。多分、一人でやっていたんじゃないでしょうか。小さな会社だったと思いますよ。オフィスに行ったことはありませんが」

「青木さんって、どんな人物でしょうか」

そう言うと彼は黙り込んだ。そして少し考えると、口を開いた。

「非常に穏やかで、話しやすい感じの人ですよ。誰に対しても腰の低い感じで、好感の持てる人物でした。私は全然不快な思いをしたことはなかったんですが、周りの評判があまりよろしくなくてね。それで、うちの会社としても付き合いをやめることにしたんです」

「それは、どういった評判ですか」

「何か胡散臭い感じなんです」

「胡散臭い感じ？」

「ええ、何でも数年前から、変な宗教に嵌(は)まっているという噂があって、そこからおかしくなったらしいんです。打合せの最中にも、突然その宗教のことを話し出したり、熱心に勧誘したりするそうなんです」

私は思わず、身を乗り出した。

「それは、どんな宗教ですか」

「さあ、私も詳しいことは知りません。でも本当にその宗教には心酔していたらしいんです。仕事の話をしているときも、突然真顔になって、人類が滅びるとか、神様が見えるとか、世界を破滅から救うとか言い出すようになって、仕事相手も距離を置くようになったと聞いています」

「青木さんが、その宗教にはまったのは、いつ頃からなんでしょうか」

「さあ、いつ頃からだろう……。ああ、ちょうど彼の結婚式があったころに、もうそういう噂があったから、三年ほど前でしょうか」

「青木さんが、今どこにおられるかはご存じですか」

「いや、分からないですね。そういえば最後に会ったとき、大きな事業に携わっていると言っていました。これから忙しくなるって、何の事業かは知りませんが、話半分に聞いていましたよ。結局、そのあと連絡が取れなくなってしまったんですが。でも、彼と取引を続けていた会社は困っているんじゃないですか。何であんな風になっちゃったんだろ。本当に温厚で、親しみやすい人だったんだけどね」

　取材が終わり、礼を言って男性と別れる。喫茶店を後にした。

　青木は今どこにいるのか。残念ながら、男性の話からは、その手がかりを得ることは叶（かな）わなかった。現時点では、青木からメールの返事はなく、携帯電話も相変わらずつながらない状態である。彼の行方は杳として不明ではあるが、青木伊知郎という男の評判が芳しいものではないことだけは分かった。怪しげな宗教にはまり、今は誰も連絡が取れない状態なのだ。

青木伊知郎という男は何者なのか。偶然を装い、私と接触し、「すくいの村」に関しての取材を依頼してきた。だが今は雲隠れして、行方をくらましている。

一体これは、どういうことなのか。

ある恐ろしい推測が頭をもたげる。青木が私を施設に行かせた理由。もしかしたら朔の死に、彼が大きく関係しているのかもしれない。私は利用されたのだ。彼の妻が、狂った集団に「呪い殺された」というルポルタージュを書かせるために。だから偶然を装って私と接触し、施設に行かせたのである。では一体なぜ、そんなルポルタージュを書かせようとしたのか。思い当たる理由はただ一つである。それは……。

朔を殺したのは、彼だからだ。

夫である青木伊知郎こそが、彼女を殺害した。だから、自分の犯行から目を逸らさせるために、私にルポを書かせようとしたのだ。そう考えると、いろいろと合点が行く。

だが、もし彼が犯人だとしたら、一体どうやって殺害したのだろうか。朔の死因は心不全だと言っていた。彼の目の前で突然苦しみ出して、搬送先の病院で亡くなったという。トリカブトのような毒物を飲ませると、心不全のような症状を起こし、人為的に人を死に至らしめることが可能である。一九八六年に夫が妻に保険金をかけて、心不全を装い殺害した事件は、トリカブトが使われたことで有名だ。トリカブトの毒成分には、細胞活動を停止させる麻痺作用があり、致死量を摂取すると、心臓麻痺を起こし数時間で死亡する。朔にそのような毒物を飲ますのは、夫である青木伊知郎ならば、さほど難しいことではない。

やはり、彼が朔を殺したのだ。そう考えると、全ての辻褄が合う。青木の知人の話では、彼が宗教にはまったのは、朔と結婚したころだったという。怪しげな宗教に帰依してから、彼は精神的におかしくなり、妻に暴力を振るうようになった。彼女は夫の暴力に耐えきれず、「すくいの村」の存在を知り、逃げ込んだ。青木は朔を連れ戻したあと、一向に彼の宗教に帰依しない妻を憎み、挙げ句の果てには病死に見せかけて殺したのである。

そして殺害後、青木はかつて朔が身を寄せていた「すくいの村」を利用することを思いついたのだ。施設に関するインターネットの噂に乗じて、妻が「呪い殺された」ことにしようと考えた。いや、もしかしたら施設を「呪いの集団」などと誹謗中傷する噂を、最初に書き込んだのも彼なのかもしれない。それで、私に白羽の矢を立てて、偶然を偽装して接触した。私に「すくいの村」が呪いの村であるような記事を書かせ、自らの罪を隠蔽（いんぺい）しようと考えたのだ。

だがその推測にはいくつか疑問が残る。朔がトリカブトのような毒で殺害されたとしたなら、毒物は体内から見つからなかったのだろうか。不審死であれば、警察に回され解剖が行われるはずだからだ。朔の死に、不審な点はなかったということなのか。それとも、青木が何かトリックのようなものを使って、隠蔽したということなのか。

それともう一つの疑問は、どうして青木が、私を実際に「すくいの村」に行かせたのかということだ。彼は私に「施設は呪いの集団である」という記事を書かせようと思ったのかもしれないが、取材してみると、そういった気配は皆無であった。実際に行かせたら、彼らが危険な集団ではないことが分かってしまうのだが、何故（なぜ）青木は、私を現地に赴くように仕向けたのだろうか。彼が殺害したのであれば、そもそも私に依頼などせず、何もしない方がよかったのではないか。現時点で朔の死が病死と思われているのなら、わざわざ私にルポを書かせる必要はないはずなのだ。彼女の死を蒸し返すことによって、犯行が発覚するリスクはむしろ高くなるからである。まあ彼は、怪しい宗教に心酔するような人間だ。我々常人には理解できないような思考で、行動している可能性は充分にある。

いずれにせよ、青木伊知郎から直接話を聞かなければ、真実は闇に埋もれたままだ。そして本当に、彼が朔を殺したのなら、絶対に法の裁きを受けさせなければならない。私の推測が正しいかどうかは分からない。だが、青木伊知郎が姿を消しているという事実が、彼が信用のおけない人間であることを物語っているのではないか。それにしても、朔はつくづく男運のない女性だと思う。怪しい宗教にはまった男に翻弄され、挙げ句の果てに命まで奪われてしまったのだから。高校時代の朔の姿が脳裏に蘇る。

「じゃあさ、あなたが助けてくれる？　こんなつまらない人生から、解放してくれるかな」

自分の境遇を嘆き、救いを求めてきた朔。私は激しく葛藤したことを思い出す。まさか、彼女にこんな末路が待ち受けていたとは考えたこともなかった。やるせない気持ちでいっぱいになる。

私は今、自室でノートパソコンに向かい、この原稿を記述している。

ここで一旦、このルポルタージュを中断することにした。朔の死の真相は明らかになっていないが、少なくとも、あの施設は関連していないと断言できたからだ。ただし青木伊知郎の消息については、このまま捜索を続行したいと考えている。何か進展があったら、また執筆を再開するつもりだ。

最後に、「すくいの村」について思いを馳せる。ほんの数日前まで、私はあの施設に滞在していた。随分、遠い昔のようにも感じる。

奈良県の山奥に、ひっそりと存在する施設。

時間が逆行したかのようなのどかな場所。

そこで村人らは、自らの心のなかにある、恨みや憎しみ、復讐心に打ち勝つため、懸命に心の治療を行っている。彼らは葛藤を繰り返しながら、人間としての本当の生き方を見出そうとしているのだ。

施設を取材していて、私は何度も魂が揺さぶられた。滞在したのは二ヶ月にも満たなかったが、一生忘れることのない、かけがえのない経験になったことは間違いない。

キノミヤをはじめ村人たちは、本当に好意を持って私と接してくれた。感謝の念を禁じ得ない。施設に戻って、彼らと触れ合いながら取材を続けていきたいという気持ちもあるが、それはまた別の機会ということにする。

一日も早く、彼らが邪念に打ち勝ち、新たなる人生を送る日が来ることを切に願って、「すくいの村」に関する記述を終えたいと思う。

5

ルポルタージュを一旦休止しようと前項に書いたのだが、気になることがあったので、ここに書き記しておくことにした。

三日が経った。

私のもとに、一通の封書が届いた。

それはA４サイズの書類が入る大判のもので、消印はなく差出人の名前も記されていなかった。なかには、わずか数ページの白表紙の冊子が入っているだけで、それ以外の手紙や送り状のようなものもない。冊子には版元などが記載された奥付は見当たらず、自費出版の印刷物のようである。紙は真新しく、新品のようだ。表紙にも、著者名などの記載はなく、「呪いの考察と研究」と題名だけが印刷されていた。

以下はその内容である。

「呪いの考察と研究」

序

今、この文を読んでいるあなたに祝福の言葉を捧げたい。
あなたは選ばれしものであるからだ。
そうなのだ。
あなたは神に選ばれた。
あなたの内部に熟成された怒りと恨み。
今こそ呪いの力によって、その願いを成就するときがきたのだ。
ただし、このことは決して口外してはならない。
また本書を他人に見せたり、その内容を伝えてもならない。

そうすれば、あなたの目的は果たされないどころか、ある一定の制裁を加えなければならなくなる。

そのことを肝に銘じ、十分に注意してもらいたい。

そこに留意すれば、あなたの願いが成就することはここに保証する。

とはいえ、あなたたちの中には、本当に呪いというものが存在するのかと、訝しがっているものもいるだろう。

本書ではそういった疑問を解消し、呪いの実在について証明していきたいと考えている。

そして今一度、人を呪うことの意義について問うてみたいと思う。

祝いと呪い

祝いというのは、神々を祝福し、大自然の恩恵を願い、鎮魂や希望を祈るものである。

呪いとは、神仏に祈願して、相手に災厄や不幸を与えることを言う。

人類文化において、祝いと呪いは同時期に発生している。

古代インドのバラモン教の経典、ヴェーダ（紀元前一〇〇〇年から紀元前五〇〇年頃に編纂（へんさん）された一連の宗教文書の総称）には、神々を祝福する祝いの賛歌が収められているが、相手を傷つけたり呪い殺すための呪文（じゅもん）も書かれている。

祝いと呪いは、対極の行為のように思えるが、実は限りなく同一の行為なのだ。

宗教学者の中には、一卵性の兄弟か姉妹のようだと言うものもいる。

神に対し、世界や人間の幸福を祈ることと、不幸を願うことは方向性が違うだけで、その行為は同根のものだと考えられている。

祝いと呪いが同根の行為であるならば、愛や慈悲、幸福を願い、敬虔（けいけん）に神に祈りを捧げる祝いを信じるように、呪いの効用も信じるべきなのだ。

人を呪うことの意義

人を呪うというのは邪悪で、不道徳的且つ非建設的な行為であると揶揄する向きもあろう。

しかし呪いは、社会的弱者や虐げられてきた者たちの反撃の機会と手段であったという歴史的な事実が存在する。

不当な被害を受けた者や差別された者が、怒りや恨みの感情を表出し、それを攻撃する力に転化させて、呪いが実行されてきた。呪いというものの存在により、社会の秩序が保たれていたという現実があるのだ。

だが残念なことに、近代社会の発展とともに、そういった精神的な社会的秩序は崩壊したと言わざるを得ない。社会の歪みの中で苦悶する者たちの、悲痛なる叫びと感情を解消する術は消滅してしまった。

だからこそ、この現代社会において、呪いは意義のある行為だと言えるのだ。

社会の均衡を保ち、我々の暮らしと人類の繁栄を維持するためには、今こそ憎悪（ぞうお）や怨念（おんねん）を滾（たぎ）らせ、呪いを実行する必要がある。

また近代社会では、目に見える実証可能なものだけを基準として、法や社会が整備されてきた。よって呪いを実践したとしても、現行の刑法下では罪に問われることはない。

それは社会通念上、呪いという行為は非科学的な迷信のようなものであり、科学的な因果関係は立証が不可能であるという考えがあるからだ。

だから、呪詛（じゅそ）による報復や殺害を実行しても、法律で裁かれることはない。呪いは、いわば合法的な殺人と言える。呪いが科学的に認められていないという現状は、我々にとってはむしろ、喜ばしいことなのだ。

ただし、呪詛を行っていることが相手に物理的、感覚的に知られれば、刑法第二二二条の脅迫罪（二年以下の懲役または三十万円以下の罰金）が成立する可能性がある。

また相手が、自分が呪われているという重圧から、精神錯乱、神経症などを起こしたときには刑法第二〇四条の傷害罪（十五年以下の懲役または五十万円以下の罰金）が適用されたという判例もあった。よって呪詛を実行する際は、相手に悟られぬよう、細心の注意を払う必要がある。

呪いの考察

現代科学では、呪いの存在は否定されている。それは、呪いというものが実体がなく、目には見えないものであるということに起因している。

それでは人間の心や意識はどうだろうか。心や意識も目で見ることはできない。

だからと言って、あなたの意識は存在しないと言えるのか。

アメリカのある研究者は、人体を構成する九十八パーセントの原子は、一年以内に入れ替わっていると発表した。

人体は絶えず、新陳代謝を繰り返している。五日ごとに胃腸内壁が入れ替わり、一ヶ月ごとに皮膚が、六週間ごとに肝臓が、三ヶ月ごとに骨格が新たに形成されているのだ。さらに進化の記憶を保持する遺伝子物質であるＤＮＡでさえ、六週間と同じではないという。

一年ほどで、物質的には我々はほぼ入れ替わっているのだが、自分というものの記憶は生まれてから一貫して存在している。一体それはなぜなのだろうか。

そこには意識があるからだ。

細胞を構成する原子が全て入れ替わっても、心や意識という存在があるからこそ、我々は我々として生存することができる。

そこで今一度問いたい。

あなたは誰で、あなたを動かしているものの正体は何なのか。

現在、意識や心というものの存在は、科学では証明されていない。だが、その存在を否定するものは誰もいないであろう。

あなた自身も知っているように、決して目では見ることのできない人間の意識の存在が疑いようのないものであるのと同様に、**呪いの存在も否定することはできるはずがないの**だ。

神の実在

あなたは神の存在を信じているか。

信心深くないという人も、初詣に出かけたり、誕生祝いや七五三などで神社に参ることはあるだろう。

先述のとおり、神に祈る「祝い」と、相手の不幸を願う「呪い」は同一の行為にほかならない。呪いにも神の存在が深く関係していることに、議論の余地はない。

私はこう思うのだ。

人間の意識や心は科学では実証されていないが、厳然として自分自身は存在する。神というのは、我々の心と同じような存在なのではないか。

我々の肉体を、世界に置き換えたならば、神はこの世界を動かしている「心」なのである。

我々の心と同じく、決して目には見えず、現代科学では立証されていないが、確実に神は存在している。人間の心と身体の関係のように、神がこの全世界、全宇宙を動かしているのだ。

これでお分かり頂けたであろうか。

神は存在する。

そして呪いは実在するのだ。

神の存在を疑うことなく、呪いの力に全身全霊を捧げることができれば、あなたの願いは叶うだろう。

ここで冊子は終わっている。

一体この冊子は何なのか。怪訝な気持ちのまま、改めて表紙に書かれた題名に目をやる。

――呪いの考察と研究――

「呪い」という文字を見ると、否が応でも、「すくいの村」に関する噂や酒内村のことが想起される。一体誰が書いたものなのだろうか。そして何のために、私のもとに送られてきたのだろう。

ただのいたずらなのだろうか。でも、いたずらにしては手が込んでいる。気持ち悪かったが、考えても仕方なかった。冊子を送りつけてきた人物の素性や、その目的が分からない以上、こちらも手立てがない。それに「すくいの村」に関しての取材は中断しているし、そもそもあの村は「呪い」とは関係ないはずである。だから、冊子の存在は無視して、気に留めないようにすることにした。

翌日、自宅のエリアにある公共の図書館に赴いた。

次の取材の資料集めに訪れたのだ。その図書館は区域のなかでは、規模の大きなものので、蔵書も比較的多い方である。取材に関する下調べのために、よく利用している。予め検索しておいた数冊を手にして、閲覧室で読み始めた。しかし、一向に頭に入ってこない。昨日届いた冊子が、脳裏にちらついて離れないのだ。一体誰が、あのような薄気味悪い冊子を送ってきたのか。気になって仕方ない。

閲覧していた書籍を借りて、家で読むことにする。荷物をまとめ、数冊の書籍を手に立ち上がった。すると、カウンターに向かう途中で、本を読んでいた男性と目が合った。ジャケット姿の六十歳ほどの老人である。どこかで見たことがある。思わず立ち止まった。

施設にいた村人の一人とよく似ていた。友人と部下に会社を奪い取られたという男性だ。声をかけようかどうか戸惑った。でも彼は今、奈良にいるはずなのだ。野菜の配達か買い出しだろうか。確かキノミヤは、野菜を売りに泊まりがけで遠出をすると言っていた。でも、そうだとしたらなぜ図書館などにいるのだろう。

すると男性は立ち上がり、書架の方に歩いて行った。やはり他人のそら似だったのだろう。本人であれば、私に声をかけてくるはずだ。それに、服装や雰囲気も少し違っていたような気もする。どうしてこんな勘違いをしてしまったのだろう。あの冊子が来てから、何かがおかしい。どうも調子が狂っている。

それから四日が経過した。

また自宅に封書が届いた。

同じ無地の封筒に、今度も差出人の名前は記されていなかった。気味が悪かった。

封を開けずに捨てようかとも考えた。でもやはり気になって仕方がない。開けてみると、手紙や送り状の添付はなく、また冊子が一冊だけ入っていた。

不快な気分に苛（さいな）まれたまま、頁（ページ）を開いた。

「呪いの考察と研究　実証編」

上編では、おもに「人を呪うことの意義」や「呪いの考察」について述べた。

これからはさらに具体的に「呪いの実在」について検証していきたいと思う。

呪いの科学的検証

呪いの正体とは、一体何なのだろうか。

呪いは人間の意識が作用したものだという説がある。人間の意識はエネルギーとしての性質を持っており、他人に影響を与えたり、物理的な作用を及ぼすことがあるというのだ。

以下の実験は、それを実証したものだ。

実例1　ストロンチウム90による実験

ドイツ出身の物理学者ヘルムート・シュミットは、乱数発生装置を自作して、ある実験を行った。彼が考案した装置は、ストロンチウム90という放射性物質を使って、無作為に0と1の「信号」を発生するように設計されていた。

この装置から出る「信号」をクリック音に変えて、被験者にヘッドホンで聞かせてみた。ランダムにクリック音が右から聞こえたり、左から聞こえたりするという仕組みである。そこで被験者に精神を集中してもらい、左右どちらかに偏(かたよ)って聞こえるように念じてもらった。

装置は0か1の信号によって、左右それぞれ五十パーセントずつクリック音が出る仕組みになっていた。ところが実験の結果、ほんの一パーセントではあるが、念じるように決めた方向から放出するクリック音が、多くなることが分かったのだ。

クリック音は、ストロンチウム90という放射性物質によって無作為に放出される「信号」を変換したものである。よって人の精神が、ストロンチウム90の原子に何らかの影響を与え、無作為であるはずの「信号」の出方を変化させたと考えることができるのだ。人間の意識が、原子や素粒子といった物質にも作用する可能性が示唆されたのである。

実例2　生体系直接精神相互作用についての実験

次に人間同士の意識のつながりについて考えてみたい。

ふと視線を感じて、振り向くと誰かに見つめられていたという経験は、あなたにもあるだろう。

アメリカの心理学者ウィリアム・ブロードらは、一切のコミュニケーションを取ることができない状態で、相手を見つめ続けることが、人体にどのような影響を与えるかという実験を行った。

音の遮断された部屋に実験参加者Aを入れる。実験中は、Aの無意識的な反応を検出するため、皮膚電気反応などの生理学的な測定が行われた。皮膚電気反応とは、うそ発見器などにも使われている、緊張や興奮を感じた際、皮膚の電気抵抗がどう変化するのかという点に着目した指標である。

別室には実験参加者Bを入れ、モニターに映っているAを、無作為に定めた時刻に凝視してもらう。Aはその時刻を知らず、もちろん別室のBの様子を推し量る術はない。

実験の結果、驚くべき事実が明らかになった。Aの皮膚電気信号は、Bが見つめているときに、大きく反応していることが判明したのだ。ブロードらはこの現象を、生体系直接精神相互作用と呼んだ。

このように、人は絶えず目には見えない信号を出し合っており、知らないうちに自分の意識が、相手に伝わっていることがある。「気が合う」というのは、そうした目には見えない信号のようなもののやりとりが、上手くいっている状態のことを言うのだ。

人間の意識は信号でつながっており、他人の意識に影響を与え、物理的な作用を及ぼしていることがこれで明らかとなった。

実例3　エステバニー実験

次は、人間の意識が生物に、どのような影響を与えられるのかということについての実験である。

一九五九年、カナダのバーナード・グラッド博士は、ハンガリーから来たオスカル・エステバニーを対象とした実験を行った。エステバニーは手をかざしただけで、病気になった人間や動物を治療することができるという。

実験はラットを使って行われた。まず、麻酔をかけたラットの皮膚に傷をつけておく。そのラットにエステバニーが手をかざし、どれくらい傷口が小さくなるのかを計測するのである。実験に使われたラットは、次の三つのグループに分けられた。

A群・エステバニーが手をかざすラット
B群・ヒーターで温めるラット
C群・何も処置をしないラット

A群のラットは、人間（エステバニー）の手から発せられる赤外線によって、体温が上昇するなどの影響があるのではないかと考えられた。その点を考慮して、B群のラットはヒーターで温めることにした。

その結果、エステバニーが手をかざしたA群のラットの傷口の面積が、ほかの二つの群のラットに比べて、明らかに小さくなっていたことが分かった。

これは、エステバニーの身体から出るエネルギーが、ラットの皮膚の細胞に影響したものではないかと考えられた。エステバニーの生体エネルギーが、ラットの新しい細胞が生成される時間を早めたものに相違なかった。

また別の実験では、さまざまな疾患を持つ七十九人の患者を対象に、エステバニーが手かざしをした四十六人と、何もしなかった三十三人を比較し、血液中のヘモグロビンの量がどう変化するかを計測した。

すると、エステバニーの手かざしを受けた四十六人の患者のヘモグロビン量が、大幅に増加するという実験結果が得られた。

呪いの実在

これらの実験から得られた結果は、以下のとおりである。

人間の意識は、原子や素粒子などの物質に物理的に作用するということ（実例1

「ストロンチウム90による実験」)。

意識同士は目に見えない信号でつながっていること（実例2「生体系直接精神相互作用についての実験」)。

そして、人間の思念は生物の身体に影響を与えることが可能だということである（実例3「エステバニー実験」)。

思念の力によって、生物を治癒することができるのならば、逆に相手に危害を加えたり、死亡させたりするのも不可能ではないはずである。

最新の研究では、心や意識は全てのものと密接に関係していて、全ての時間、場所、人々ともつながっているという考え方がある。

実はこのような考えは、心理学ではなく、物理学の世界から提案されているのだ。

物理学者のリチャード・D・マトゥックは、量子力学の観点から、意識と物質の関係についてこう考えている。

「人間の意識は脳という空間の限界を超えて、はるか彼方まで広がり、時間の制約もない」

古代インド哲学、仏教、道教の教えの中には、精神と物質が互いに影響を与えたり、心身が一体となった人体という「小宇宙」と、自然環境としての「大宇宙」が対応しているという概念がある。

この世界を構成しているものは、全てが密接なつながりを持っていて、あらゆる生物、無生物が関連し合いながら、全体として調和のとれたシステムを作り出している。

つまり、全宇宙一つがまとまりを持った一つの生命体だと考えることができるのだ。時間や空間、意識と物質の状態を超えて、私たちは「見えない糸」で、全てのものとつながっている。

私たちの心は、広大な宇宙から見たら小さな点のような存在にすぎないが、全宇宙とネットワークのようなものと接続している「全体」でもあるのだ。

意識はつながり合っている。

時間や空間を超えて、全宇宙、森羅万象と密接な関係を持っている。

そして、その無限とも言える意識のネットワークをコントロールし、全宇宙の活動を司(つかさど)っているのが、神と呼ばれる存在なのである。

これで、我々の感情や思念を、「目には見えない糸」のようなネットワークで伝(でん)播(ぱ)させ、相手に物理的な影響を与えることは、絵空事などではないことがお分かりいただけたのではないかと思う。

呪いの力で人を「殺害」することは、決して不可能ではないのだ。

総論

以上が、呪いについての科学的実証である。

このように呪いは実在する。

科学的な根拠だけではない。これまでの歴史の中で、現実に呪術による報復や殺害が繰り返されてきたことが、その事実を明白に物語っている。

我々は古代より伝承されてきた呪術の力を、現代に継承した。


くわしく語ることはできないが、我々は受け継いできた呪いの力を操り、これまで数々の報復を成功させてきた。

それが何よりの、呪いが現実に存在することの証明にほかならない。

今こそ、怨念を滾らせるときなのだ。


怒り、憎み、怨(うら)み、呪え。

あなたを苦しめたものの死を願え。

そうすれば、神は力を与えてくれる。あなたの願望は成就するはずなのだ。

だから、それまでは粛々と日々を過ごしてほしい。
そして、健気(けなげ)な民として暮らし続けてほしい。
呪禁(じゅごん)の教えを守り、このことを決して口外することなく。

彼らにみじめな死が訪れるその日まで。

キノミヤ マモル

末尾の記名を見て、思わず我が目を疑った。

この冊子はキノミヤが書いたことになっている。そんなはずはない。彼が呪いの存在を肯定するような文章を書くはずはない。施設に対する疑いは晴れたはずではないか。だが、この冊子を執筆したのがキノミヤということになれば、私の考えは根底から覆（くつがえ）される。

ここに書かれたことが本当だとしたら、「すくいの村」の人々は呪いを信じ、呪術によって人を殺害することが出来ると思い込んでいる狂信的な集団ということになる。彼らを信用して取材を終えたのだが、私はすっかり騙（だま）されていたのだろうか。冊子には、こう書かれている。

――我々は古代より伝承されてきた呪術の力を、現代に継承した。

「伝承されてきた呪術の力」とは酒内村のことなのだろう。文の終わりには「呪禁」という言葉も記述されていた。酒内村には、都を追われた呪禁師（呪禁道の呪（まじな）い師）たちが逃げ延びてきたという伝説がある。古代より呪術を操り、人を呪い殺していたという酒内村。この冊子の執筆者は、その奥義を受け継ぎ、数々の報復を成功させたという。もしこの冊子を書いたのがキノミヤだとしたら、インターネット上の噂は本当だということになる。では朔の死はどうなのか。やはり彼らが関係しているというのか。

いや、そう決めつけるのは早計である。この二冊の冊子を、キノミヤが書いたという確証はどこにもない。誰かが、偽造した可能性も十二分に考えられる。「『すくいの村』は呪いの集団である」という印象を与えるために、何者かが勝手にキノミヤの名を騙り、冊子を作成したのだ。だが一体それは誰なのか。誰が何の目的で、こんな手の込んだことをしたのだろうか……。やはりここに書かれたことは真実なのか。頭が混乱してくる。

もし本当にこの冊子を書いたのがキノミヤだとしたら、誰かが施設の実態を告発しようと思い、送ってきたものであると考えることができる。冊子が偽造されたものならば、彼らが危険な集団であると、どうしても私に思わせたい人がいるということだ。私が、「すくいの村」を取材していることを知っているものは限られている。キノミヤと村人たち、そして失踪した青木伊知郎だけだ。

冊子を送ってきたのは誰で、目的は何なのか。事態は混迷を極めてきた。真実は一体どこにあるのか。

6

ワイパーが高速で作動する。雨脚がさらに強くなってきた。アスファルトの路面には、水しぶきが激しく立ち上っている。ヘッドライトに照らされた深夜の高速道路。ほかに走行している車は見当たらない、天気予報では、雨は夜半すぎまでは降り続くという。奈良に着く頃には上がるのだろうか。アクセルを踏み、車の速度を上げる。雨粒が襲いかかるように、フロントガラスを叩（たた）きつける。一体自分は、何に突き動かされているのか。気がつくと、車に飛び乗り、施設に向かっていた。ハンドルを握りながら考える。

あの二つの冊子に書いてあったことは、事実なのかどうか。確かめずにはいられなかった。心のどこかでは、彼らを信じたいという気持ちもあった。私にはどうしても、彼らが殺人を犯すような、危険な集団であるとは思えない。でもその一方で、もし本当に、彼らが危険な集団で、現実に事件を起こしているとしたら、私にはそれを暴（あば）く社会的な義務がある。それに、朔の死に彼らが何らかの形で関与しているのならば、どうしてもその真相を知りたいと思った。

高速道路を降りるころには、雨は止んでくれた。空が明るくなってきた。朝の陽光が反射している雨上がりの道路。視界には、のどかな田舎道が続いている。

起伏のある峠道を通り、舗装されていない林道に入った。施設はもう目の前だ。道端にある広場に車を乗り入れる。村人たちが駐車場に使用している場所である。軽トラとバンの横に、車を止めた。仕事用のビジネスバッグと小ぶりのボストンバッグを持って車を降りる。ボストンバッグのなかには、着替えや洗面用具などが入っていた。もしかしたら、すぐにはキノミヤに会えないかもしれなかった。泊まりがけで野菜の配達に出かけている可能性もある。そう思い、念のため、宿泊の用意もしてきた。だが軽トラがあるので、どうやらキノミヤは施設にいるようだ。

起伏のある斜面を降りて行くと、施設が見えてきた。周囲は見事な紅葉に彩られている。二週間ぶりにこの風景を見る。まさかこんなに早く、帰ってくるとは思っていなかった。施設の外には誰もいない。

共用棟に入ると、村人たちは食堂に集まっていた。ちょうど朝食の時刻である。私の姿を見ると、みな目を丸くしていた。ここに来ることを、誰にも連絡していなかったからだ。野瀧が立ち上がり、私に言う。

「戻ってきてくれたのか」

よほど驚いたのか、口をぽかんと開けたままだ。

「ええ……突然すみません。ちょっとキノミヤさんに確認したいことがあって、来てしまいました」

私を見ている一同の顔が、驚きから満面の笑みに変わった。なかには目に涙を浮かべている人もいる。それほど、私が戻ってきたことが嬉しいのだろうか。もちろん、悪い気分ではない。私もまた彼らに会えて嬉しいのだ。でもそのなかにキノミヤの姿はない。

「あの……それでキノミヤさんは？」

私がそう言うと、村人の男性が答えた。

「自分の部屋で休んでおられます。話ができるか、聞いて来ましょう。朝食は食べられました？」

「あ……まだです」

そういえば、自宅を出てから何も食べていなかった。空腹であることに気がつく。

「じゃあ、よかったら飯でも食って、ちょっとお待ちください」

「すみません」

村人は、キノミヤの部屋がある二階へと向かっていった。

席に着くと、女性の村人が朝食を運んできてくれた。根菜の味噌汁に、生卵と沢庵の素朴な朝食である。しかし、これがやたらと旨い。根菜は施設の畑で作ったもので沢庵も自家製、卵も施設で飼っている地鶏が産んだものである。空腹だったので食が進む。村人たちも、そんな私の姿をにこやかな顔で見ている。食べていると、さっきの女性が皿に盛った焼き魚を運んでくる。

「魚好きやったやろ。昨日、川で釣れた岩魚。よかったら食べて」

「ありがとうございます」

早速、頭からかぶり付いた。香ばしさと塩加減が相まって絶妙の味わいだ。村人たちは私を手厚く迎えてくれた。本当に彼らは、好感が持てる純朴な人たちである。とても、誰かを呪い殺そうとしているとは思えない。だがあの二つの冊子に記されていた内容が事実だとしたら、それは恐ろしいことだ。彼らの素朴な笑顔の奥底には、邪悪な憎悪と怨念が隠されているということになる。願わくば、あの冊子が誰かの偽造であり、この施設に関する疑惑はいわれなき噂であってほしい。心からそう思った。

食事を終えると、二階に行った村人が戻ってきた。

「キノミヤさんと話しました。あなたが戻ってきたと伝えると、大変喜んでおられましたよ。ですが、少し時間をいただきたいとのことでした。お待ちいただいてもよろしいでしょうか」

「もちろんです。こちらの方こそ、いきなり押しかけて本当に申し訳ない」

「この前お使いになっていたロッジが空いておりますので、そこでお休み下さい。準備が整い次第、お呼びしますので」

「ありがとうございます」

村人に頭を下げると、荷物を持って立ち上がった。食堂を出ようとすると、村人の一人が駆け寄ってくる。以前、手作りのアップルパイを届けてくれた若い女性だ。顔を赤らめて、彼女は言う。

「戻ってこられたんですね」

「ええ、ちょっとキノミヤさんにお聞きしたいことがあったので」

「ではまた、すぐに東京に戻られるんですか」

「はい……キノミヤさんとお話ししたら」

「そうですか……」

彼女の顔がわずかに曇った。思わず私は言う。

「ああ、でももしかしたら、もう二、三泊するかもしれませんので」

「本当ですか。それはよかった。ありがとうございます。村にいてもらえると、とても心が落ち着きますので」

そう言うと、彼女はほっとしたような顔で微笑(ほほえ)んだ。私も癒(い)やされたような気持ちになる。女性と別れ、共用棟を出た。久しぶりに敷地のなかの広場を歩く。何回も往復した道である。昨日の雨で道はぬかるんでいた。滑らぬように注意しながら、ロッジへと向かう。部屋に入って荷物を置くと、途端に睡魔が襲ってきた。昨夜は夜通し運転していた。空腹も満たされたせいで、眠くなってきたのだ。和室に入り、少し横になることにした。

二時間ほど仮眠をとる。午前十時すぎ、村人が呼びに来た。キノミヤの支度が調ったというのだ。仕事用のバッグを手にして、ロッジを出る。

村人とともに施設の敷地内を歩いて、共用棟に向かった。建物に入ると、二階の集会場に案内される。襖(ふすま)を開けると、室内にはもうすでにキノミヤが来ていた。いつものジャージ姿ではない。ワイシャツにスラックスという、かっちりとした服装だ。背筋を正して、畳の上に正座している。

「お久しぶりです。すみません。また急に、押しかけてしまいまして」

「こちらこそ、お待たせして申し訳ない。さあどうぞ」

笑顔で彼が迎えてくれた。一礼して部屋に入る。キノミヤに促され、彼の対面に置かれていた座布団の上に座る。八畳二間の集会室。窓からは、色鮮やかな紅葉の景色が見えた。キノミヤは、傍らの盆の上にあった鉄製の急須を手に取った。客用の湯飲みに茶を淹れると、私に差し出して言う。

「秋摘み茶です。厳しい夏の暑さを乗り越えた茶葉は、春に採れる新茶とはまた違った味わいがあると思います。どうぞ」

「ありがとうございます」

小さく頭を下げると、湯飲みを手に取った。茶を口に含む。彼の言う通りだ。独特の苦みがあるが、爽やかで奥深い味である。私は居住まいを正すと、キノミヤに言う。

「このように時間をとっていただき、本当にありがとうございます。体調の方はいかがですか」

「ええ、それが……正直言うと、あまり芳しくはないのです」

「そうですか……それは申し訳ありませんでした。日を改めても結構です。僕は何日でも待ちますので」

「いや、それには及びません。私もあなたに会いたいと思っていました。それに……私はもう長くないのかもしれませんから」

「何を仰ってるんですか」

「本当です。もうしばらくしたら、私はこの世にはいないでしょう」

「そんな……」

どう答えていいか分からなかった。冗談を言っている雰囲気ではない。彼の言葉は真に迫っていた。表情は穏やかではあるが、確かに顔色はいいとは言えなかった。

「お気遣いなく。これはもう決められたことなので、抗うことはできませんから。じたばたしても仕方ありません。それよりも、あなたが来てくれてよかった。また、こうしてお話しすることが出来て、本当に感謝しているんです」

「そう言っていただけると、僕としても嬉しい限りです。二ヶ月近くも滞在させてもらい、みなさんに本当によくしていただいたのに、またこんなに歓迎してもらって……。ですから、大変申し上げにくいのですが、今日来たのは、キノミヤさんにまた不躾な質問をするためでして。お気を悪くされたら大変申し訳ないのですが」

「どんな質問ですか。なんなりとどうぞ」

表情一つ変えず、キノミヤが言う。

「ええ、実は」

そう言うと、傍らに置いたバッグを手に取った。なかからあの二冊の冊子を取り出す。「呪いの考察と研究」と「呪いの考察と研究　実証編」である。キノミヤに向けて、二冊並べて差し出した。

「まずはこちらをご覧頂けますか」

「これは？」

「どうぞ、なかをお読みください」

キノミヤが一冊を手に取った。表紙を開いて本文に目を通している。彼の表情を窺(うかが)いながら、言葉をかける。

「二冊とも僕のところに送られてきたものです。一冊は六日前、もう一冊は昨日、自宅の郵便受けに投函(とうかん)されていました。送られてきたのはこの冊子だけで、封筒には差出人の名前は書かれていませんでした」

無言のまま、キノミヤは冊子のページをめくる。その表情に変化はなく、感情は読み取れない。少し様子を窺ってから、私は言う。

「呪いについて書かれた、正直胡散臭(うさんくさ)い内容の冊子です」

彼は答えない。美術品を鑑定するような目で冊子を読み続けている。

一冊目が終わり、二冊目を読み始めた。二人しかいない部屋は、静寂に包まれている。

最後のページを読み終えると、キノミヤはゆっくりと視線を上げた。何も語らず、じっとこちらを見ている。私は彼に声をかける。

「キノミヤさんが書いたことになっています」

「そのようですね」

「この冊子を読んで、驚きました。『すくいの村』で呪術が行われているという疑惑は、以前お話を伺ったときに、キノミヤさんがきっぱりと否定されましたし、僕もこの施設に滞在してそのことは実感しましたから。でもこの冊子には、呪いは実在し、呪術で人を殺すことが出来るなどという、狂信的なことが書かれています。記述のなかにある、『古代より伝承されてきた呪術の力』というのは酒内村のことに違いありません。一体誰がこんなものを作ったんでしょうか。そして、なぜ僕のところに送りつけてきたのか。何か思い当たる節はありますか」

キノミヤは考え込んだ。反応を窺う。冊子を手にしたまま、彼が口を開いた。

「あなたはどうなんです。何か心当たりは」

「全く分かりません。ただ一つ心当たりがあるとしたら、死亡した青木朔さんの夫である青木伊知郎です。僕は東京に戻ってから、いろいろと彼のことを調べました。青木はとても怪しげな人物で、変な宗教にはまっている信用のおけない男という評判だったんです。実際、今は誰も連絡が取れず、行方が分からなくなっている状態なんです。だからこう思ったんです。もしかしたら、あなたの名を騙り、この冊子を書いたのは青木伊知郎ではないかと。それで僕に送りつけてきた」

「ほう……。それは一体なぜ」

その言葉を聞くと、私は一度目を伏せた。そして改めて、キノミヤを見て答える。

「青木伊知郎が朔さんを殺したからです」

彼は顔色一つ変えず、話を聞いている。私は言葉を続ける。

「トリカブトのような毒物を使用して、妻を急性の心不全に見せかけて殺したんです。そして、彼女がこの施設にいたことを利用して、呪いで殺害されたと見せかけることを思いついた。それで、このような冊子を偽造して僕に送り、あなたと、この施設に罪を押しつけようと考えたんです。そう考えると、すべて腑に落ちます」

「なるほど。確かにそうですね」

感心したかのようにキノミヤが言う。

「この前も申し上げたように、僕は呪いが実在するとは思っていません。だから、朔さんが呪い殺されたのではなく、病死でもないとしたら……。そう考えると、彼女を殺害したのは、夫の青木伊知郎以外あり得ない。そう思うようになったんです」

じっと耳を傾けていたキノミヤ。黙ったまま、持っていた冊子を、もう一冊の横に置いた。そして私を見て言う。

「それだけですか」

「え？」

「あなたがここに来た理由は、それだけですか」

思わず口を閉ざした。なぜか後ろめたい気持ちになる。この前、彼と話したときの感覚が蘇（よみがえ）ってきた。自分の心が全（すべ）て、見透かされているような気分である。キノミヤは言う。

「正直に言っていただいても構いませんよ。あなたはまだ、私たちのことを疑っているのでしょう」

「分かりました。それではお言葉に甘えて言わせていただきましょう。この冊子を読んだときは戸惑いました。僕は本当に、キノミヤさんのことを信じていましたから。でも、ここに書かれていたことが真実であれば、全ては根底から覆ることになります。正直なところ、僕には分かりませんでした。この施設が本当に冊子に書かれているような、狂信的な集団なのかどうか。だから、それをどうしても確かめたくて、またここにやってきたのです」

キノミヤの表情は変わらない。穏やかな顔で、私の言葉を聞いている。

「それではお答えいただけますか。この冊子はあなたが書いたものですか。それとも、そうではないのですか」

キノミヤに問いかける。

彼は口を閉ざしたままだ。二人の間には、張り詰めた空気がたちこめている。喉が渇いてきた。湯飲みのなかの茶を飲み干す。すると彼は静かに語り出した。

「この二つの冊子は、施設の滞在者のなかで、選ばれた村人だけに渡しているものです」

「……どういうことですか」

「ここに書いてある通りです。神に選ばれしもの……。心のうちに充満した怒りや恨みを熟成させ、神の恩恵を受ける資格を得たものです」

「とすると、この冊子を書いたのは……」

「私が書いた、ということで間違いありません」

言葉に詰まった。

もちろん、このような返答を想定していないわけではなかった。でも現実に、その答えを聞くと憤りが込み上げてくる。なるべく、感情を押し殺した声で私は言う。

「僕を騙していたんですね」

キノミヤは、空になった私の湯飲みを自分の方に引き寄せた。急須を取り、茶を注ぎながら言う。

「申し訳ない。しかし、この施設の人間が心の救済を求めていることに嘘偽りはありません。私は彼らが新しい人生を歩んでくれることを祈っている。それは本当なのですから」

「でも、キノミヤさんは呪いを信じているということですよね。呪術で人を殺したりするようなことができると考えておられるということで間違いないんですね」

「ええ、その通りです」

湯飲みを差し出すと、キノミヤは至極落ち着いた声で言う。

「この冊子でも示唆したように、我々は酒内村の末裔であり、その奥義を受け継いでいます。だからさっきの、呪いを信じているかどうかという質問は、愚問と言わざるを得ない。信じているかどうかではなく、呪いは現実に存在するんです。その証拠に、我々は呪術による数々の復讐行為や殺害を成功させてきましたから」

私をじっと見たまま、キノミヤは言葉を続ける。

「いつの世でも、こういった場所は絶対に必要なんです。どんなに社会が変わっても、絶対に絶やしてはいけない。そう思いませんか」

彼の目は澄み切っており、一点の曇りもない。

「では朔は……。やはり青木伊知郎の言う通りだったんですね。彼女も、あなたたちに呪い殺された」

「おや、あなたは呪いなど信じていなかったのでは」

「もちろん信じていません。でも、この施設は噂通りの危険な集団だった。朔の死にも関係してるのではないかと考えるのは、当然のことだと思いますが。呪術を使ったように見せかけて、毒物などを用いて、彼女を殺害したのではないですか。青木伊知郎の消息が途絶えたのも、あなた方が関係しているのではないでしょうか」

私は彼を見据えて言った。顔色一つ変えず、キノミヤが答える。

「先ほど呪術で、復讐や殺害を成功させてきたと言いましたが、青木朔さんは違います。我々は関与していませんよ。私もあなたと同じです。彼女は呪いによって死んだのではないと考えています」

「では一体何故朔は……」

「私もそれを知りたいと思っているんです」

わけが分からなくなってきた。キノミヤは、「すくいの村」は呪いの存在を信じ、呪術を操る危険な集団であることを認めたのだが、朔の死には関与していないという。

彼の話は本当なのか。この男の目的は一体何なんだ。

「いい加減なことばかり言わないでください。朔の死とこの施設が関係していることは明白なのです。もうあなたの言葉など信用することは出来ない。キノミヤさん、本当のことを教えてください」

「あなたはなぜ、それほどまでに青木朔の死にこだわっているのですか」

キノミヤの言葉に、口を閉ざした。

「高校の同級生だったからですか。確かに、かつての旧友の死は哀しいことだと思います。でも、十年以上も前に卒業した高校時代の同級生のために、そんなに熱心になれるものでしょうか」

私の方をじっと見据えるキノミヤ。背後の窓から見える紅葉の彩りが、目に刺さるように目映い。

「あなたは何に駆り立てられているのですか。何に駆り立てられて、ここまでやって来たんです」

感情が揺さぶられた。思わず語気を荒げる。

「僕のことなどどうだっていいじゃないですか。はぐらかさないでください。あなた方が、呪いを信じているような危険な集団であることは、この冊子によって明らかになった。誰かが、この施設を告発するために、僕にこの二つの冊子を送ってくれたんです。キノミヤさん、もう言い逃れは出来ませんから」

彼は一切動じることはない。落ち着きのある声で言う。

「どうやら、なにか大きな勘違いをされているようですが」

「勘違い……どういうことです」

「この冊子をあなたに送りつけたのは、誰だと思っているんですか」

「だから言ってるじゃないですか。この施設の危険性を知り、それを告発しようとしている人ですよ。それはこの施設の村人の誰かなのかもしれないし、もしかすると、失踪している青木伊知郎の可能性もある」

「この冊子をあなたに送ったのは、村人ではなく、青木伊知郎でもありません」

「どうしてそう言い切れるんですか」

「私が送ったからです」

キノミヤは平然と言う。

「あなたが」

「そうです。私があなたに届けるように指示しました」

穏やかな笑みを浮かべるキノミヤ。彼の話を聞いて唖然(あぜん)とする。状況がよく飲み込めない。

「一体なぜ、そんなことを……」

「あなたに、我々の本当の活動を知ってもらいたかったんです」

「どうして……僕が滞在しているときは、呪いや呪術のことなど、ひた隠しにしていたではないですか」

「取材をやめて、東京に帰ってしまったからです。だからこの冊子を送ったんです。これを読めば、戻ってきてくれると思いましたので」

　その言葉を聞いて、呆気（あっけ）にとられる。

「では、僕をここに呼び戻すために、この冊子を送りつけたんですか」

「その通りです」

「どうして僕をまた、ここに呼ぶ必要があったんです?」

「あなたを苦しみから救い出すためです」

「苦しみから……」

「そうです。あなたが苦悶（くもん）と葛藤（かっとう）に満ちた人生から解き放たれ、次なる地平へと昇華するためには、もう一度こうして会う必要があった」

「何を言っているんです。意味が分かりませんが」

「さあ、今ここで告白するのです。あなたと青木朔との間にあったことを……。あなたが彼女に行った恐ろしい所業について」

「恐ろしい所業……僕が朔に何をしたというんです」

「私は知っています。全てを明らかにして、苦しみから解放されるのです」

「キノミヤさんは僕を疑っているんですか。馬鹿馬鹿しい」

「ではなぜ、あなたはここまで来たのですか。単なるクラスメートの死ならば、なぜこんなにもこだわるのです。それほどまでに、あなたを駆り立てるものは一体何なのか」

射貫くような目で私を見るキノミヤ。彼の眼差しを直視できない。湯飲みを手にして、渇いた喉に茶を流し込む。

「青木朔……いや藤村朔とあなたは、かつてクラスメートという間柄を超えた、ある種の特別な関係にあった。あなたの内面に潜む朔という女の存在。それは消えない傷跡のように、トラウマの如く刻みつけられていた。そしてあなたは彼女と再会する……。私は知っていますよ。彼女が結婚する前、あなたは、藤村朔と逢瀬を続けていたことを」

私は動揺する。確かに五年前、私と朔は偶然再会した。その時に、連絡先を交換して、それから何度か彼女と会っていたのだ。だが、それは私と朔しか知らないはずだった。彼女との再会は以前のルポにも記述したが、複数回彼女と会ったとは書かなかったし、そもそもこのルポ自体、まだ誰にも見せていない。一体なぜ、キノミヤはそのことを知っているのか。

「彼女との逢瀬を重ねることによって、心に秘めていた古傷のような恋情が疼きはじめる。だが藤村朔はあなたではなく、別の男性と結婚した。あなたの心のなかに生まれた炎のように揺らぐ嫉妬心と、ある事由に起因した彼女に対する背徳的な感情。過去の記憶とともに、歪んだ思いが増幅してゆく。恋情と憎悪が複雑に交錯して、ついにあなたは彼女を……」

思わず、キノミヤの言葉を遮った。

「いい加減にしてください。何で僕が彼女を殺さなければならないんですか」

「それは、あなたが一番よく知っているんじゃないですか」

「……とにかく、僕と朔のことはあなたには関係ない。キノミヤさんこそ、どうしてこんなことをするんですか。こんなわけの分からない冊子を送りつけて、おびき寄せるようなことまでして」

「だから言っているじゃないですか。自らの罪を告白して、神の許しを請うて、次なる地平へと昇華してもらいたいからだと」

「朔を殺したのは僕じゃない。キノミヤさんの方こそ、どうしてそんなに、彼女の死にこだわっているんですか」

「知りたいからです。一体なぜ、朔は死んだのか。私には、どうしても知らなければならない理由があります」

「理由とは何なんですか」

「私の娘だからです」

「え……」

「藤村朔は血のつながった私の娘だからです……。だから知りたいんです。なぜ朔が死んだのか。それを解き明かすまでは、死ぬわけにはいかないのです」

想像すらしていなかった彼の言葉に、我が耳を疑った。

「本当ですか。朔があなたの娘だったなんて……信じられない」

「嘘を言っても仕方ない。だから言っているじゃないですか。全ては定められているのですよ。覚えていますか。あなたがここに来たときに話した素数蟬(そすうぜみ)の話。十三年とか十七年とか、素数の年だけに大量発生する蟬の話です。あの時も言いましたが、この世界は、人間の知らない複雑な計算式で出来ているような気がするんです。私たちの出会いや別れも、偶然のように見えて、全て定められている……」

キノミヤは話し続ける。

「全部決められていたんです。誰も抗うことはできない。あなたと朔が出会うことも、朔が死ぬことも……。あなたがこの施設に来ることも……。私とあなたが今こうして、膝（ひざ）をつき合わせて会話していることも全部……」

朔がキノミヤの娘だった……。

彼の話が真実なのかどうか、確かめようがなかった。でも、キノミヤが嘘をついているとしたら、一体それは何の為（ため）なのだろう。なぜ、そんなことを言う必要があるのか。頭が混乱して、状況が整理できない。

キノミヤが穏やかな声で言う。

「私は別に糾弾しているわけではない。あなたが犯罪を行うことも、全ては決まっていたことなのですから……。それをとやかく言おうとしているのではない。必要なのは、あなたが罪を認め、懺悔（ざんげ）することです。全てをつまびらかにして、心を解き放つのです」

「もうやめてください」

激しく動揺する。苛立（いらだ）ちを抑えきれず、声を荒らげる。

「だから、殺してないって言ってるでしょう」

「ではなぜ、この施設にやってきたのです。一度ならず、二度も……。あなたを駆り立てるものは一体何なのですか」

私は口を閉ざした。その問いかけに答えることは出来ない。唇を震わせている私の代わりに、キノミヤは言う。

「不安だったんですよね。朔がこの施設に滞在していたということを聞いて。彼女がここにいるときに、何か口走ったんじゃないかと思ったんでしょう。例えば、あなたと朔しか知らない秘密のようなものがあったとしたら……」

「違う」

「生涯、隠し通さなければならなかった秘密……。だから朔と再会したときに、あなたは苦悩した。彼女のために犯した罪なのに、朔は自分のもとから離れていった。あなたの心のなかに、彼女に対する複雑な感情が入り乱れる。そして決意する。彼女を殺すしかない。自分の罪を知る唯一(ゆいいつ)の存在である朔を……。決して誰にも分からない方法で……」

「違う。違うんだ」

私は必死で訴えた。しかし、彼は構わず話し続ける。

「朔を殺害した後、あなたは偶然、彼女の夫である青木伊知郎と出会ってしまった。そして、この施設のことを知る……」

「偶然なんかじゃない。あの男は、僕と知り合いになるように仕向けていた。僕の知人の編集者とあらかじめ関係を作っておき、偶然出会ったようなふりをして」

「彼もあなたに疑惑の目を向けていたからでしょう。だから、そうやって近づいたに違いありません。あなたも青木から、この施設の存在を聞かされたときは、気が気ではなかったんじゃないですか。朔は精神的に追い詰められて、施設で治療していたということですからね。もしかしたら、そこで彼女に自分の秘密を暴露されたのではないか。絶対に他人に知られてはならない恐ろしい罪を……。だからあなたは、取材と称してこの施設を訪れたんです。そしてこう考えた。自分の犯罪を隠蔽するには、この『すくいの村』は利用できるのではないか。施設が噂通りの呪術を操るような危険な集団ならば、朔の死と施設が関係しているような記事を書けばいいと……。でも、どんなに取材しても、施設が危険な集団であるという証拠は見つからなかった。だから、矛先を夫の青木伊知郎に変えて、彼に嫌疑が向くような記事を書いて発表しようと考えたんです。つまりあなたがこの村にやってきた理由は、自分の罪を隠蔽することにほかならなかった」

まるで朗読劇のような、一切淀みのない口調でキノミヤは言う。心がかき乱された。なぜか視界が朦朧としてくる。気がつくと、全身がわなわなと震えていた。

「どうですか、違いますか」

「うるさい」

勝手に言葉が飛び出した。彼を睨みつけて言う。

「全部でたらめだ。お前に何が分かる。僕は……。僕は……」

突然、キノミヤが激高する。

「いい加減にしろ」

ゆっくりと立ち上がり、こちらに近寄ってきた。

目の前に立ちはだかるキノミヤ。真っ赤な紅葉を背に、険しい目で私を見据えている。その姿が恐ろしくてたまらない。

「全ての罪を洗いざらい打ち明けて、悔い改めよ」

虚ろな目で、キノミヤを見上げる。唇の震えが止まらない。感情があふれ出し、言葉にならなかった。

「さもないと、お前が解き放たれることはない。さあ今ここで、告白するがいい。自分が犯した浅ましい罪の全てを……」

そう言うと彼は身を屈めた。顔を近寄せてくる。催眠術をかけるかのように、私の目を見て言う。

「私は知っている……。もう言い逃れは出来ない。お前は今から、自らの罪を告白し懺悔する。それ以外にもう道はないのだよ。これも全て定められたこと。お前に与えられた運命。誰も抗うことは出来ない……」

私の身体は、凍りついたように硬直する。頬を何か熱いものがつたう感触がした。

いつの間にか、私は泣いていたのである。

7

ロッジに戻った。

意識はまだ朦朧としている。今はパソコンを開き、この原稿を書いている。

あれからキノミヤとどれくらい話していたのだろうか。窓の外に目をやると、外はもう暮れかかっていた。ダイニングテーブルの上にあるティーカップを手に取る。少し冷めかけたハーブティーを口に含んだ。香草の香りが口のなかに広がり、心が落ち着く。先ほど、あのアップルパイの女性が、ポットに入れて持ってきてくれたのだ。

喉が渇いていたので一気に飲み干す。ポットを開けて、カップにもう一杯ついだ。
まだ微睡みのなかにいる。だが決して不愉快な感覚ではない。どちらかというと清々しい気分である。身体中の不純物が排泄され、浄化されたようなのだ。

私は先ほど、全てを告白した。自分が犯した罪をキノミヤに語り、懺悔したのである。実はこれまでの記述のなかで、私が意図的に隠していた事実があった。もちろん、嘘偽りを書いているわけではないのだが、あえて書かなかった重要な事柄が存在していたのだ。このルポルタージュをお読みの方には、大変申し訳ないことをしたと思っている。ここまで読んで、もし何かある種の違和感を感じていた人がいるとしたら、記述者の義務として、それを解消しなければならない。これから、その「重要な事柄」について述べることにする。

ただし、一つ断っておきたいことがある。私の罪とは、朔を殺害したということではない。その点に関しては、キノミヤの推測は大きく間違っている。もし彼が言うように、私が自分の罪を隠蔽するためにこのルポルタージュを書いているとしたら、先ほどのキノミヤとのやりとりを正直に書き記すわけはない。よって朔を殺したのは私ではない。神に誓ってもいい。それだけは予め断っておく。

訂正しなければならないのは、高校時代の私の記述に関してである。高校三年生のあの夜、自宅近くの公園で朔は私に言った。援助交際を強いられる自らの境遇を嘆き、そこから逃げだしたいのだと。このままだと、売春の元締めである男を殺してしまうかもしれない。そう言うと目に涙を浮かべた。初めて見る彼女の涙だった。そして朔は私の胸に顔を埋めると言った。「私を運命から解き放って」。

彼女の切実な訴えを聞いたとき、私は深く思い悩んだ。一体どうすれば、援助交際の闇から救い出せるのか、激しく葛藤した。でも当時、私は高校生だった。彼女が抱えている闇と対峙するには、荷が重すぎるのではないかと思った。己の非力さを恥じながらも、現実問題として彼女を救うことは不可能ではないかと考えてしまったのだ。そして、そんな自分が心底嫌になった。そこまでは記述した通りだ。これから、意図的に隠していた「重要な事柄」について告白する。

そのあとも私はずっと彼女のことを考えていた。いつもどこか醒めたような眼差し。男連れで喫茶店に現れたときの大人びた姿。初めて声をかけられたときのこと。学校の帰り道、時間を忘れ、会話した日々。抱きしめたときに感じた体温。石鹸のような匂い……。

彼女のことが、頭から離れなくなった。私はもだえ苦しんだ。忘れ去ろうとすればするほど、虚しさに苛まれる。朔が自分にとってどんな存在だったのか、改めて思い知らされた。彼女は私に救いを求めている。やはり目を背けてはいけない……。私はそう思った。逃げ出してはいけない。ここで逃げ出したら、一生後悔することになる。彼女が直面している現実と、向き合わなければならないのだ。

ある日のことだ。授業が終わり、私は帰宅の途についていた。視線の先に、生徒の群れから離れた場所を歩く、か細い背中を見つけた。朔である。声をかけるのは今しかない。意を決して、彼女に駆け寄った。

「藤村……ちょっといい？」

振り返る朔。私の方を一瞥(いちべつ)する。そこには驚きも喜びも怒りも哀しみもない。いつもの醒めた目だ。

「少し話できるかな」

わずかに頷(うなず)くと、朔は黙って歩き出した。

久しぶりに、彼女と肩を並べて歩く。どう切り出そうかと躊躇(ちゅうちょ)していると、朔が先に口を開いた。

「話って何？」

抑揚のない口調で彼女は言う。私は答えを返す。

「この前の話。公園で話してくれた……」

そこまで言うと、口を閉ざした。反応を窺う。朔は黙ったままだ。

「俺なりに考えたんだ。どうすればいいかって」

「ああ……あのことはもう大丈夫だから。気にしないで」

「大丈夫って」

「うん。ごめんね、変なこと言って。あのあと反省した。自分で解決しなければならないことだから」

朔はじっと私を見た。そして言う。

「全部忘れて」

「でも……」

「じゃあ」

私の言葉を遮り、立ち去ってしまった。慌てて追いかけようとするが、思い止まった。彼女は私を拒否している。やはり朔が抱えている闇には、関わらない方がいいのかもしれない。私は自分にそう言い聞かせた。

でもその日の夜は、朔の言葉が気になって眠れなかった。

——自分で解決しなければならないことだから——

一体どういうことなのだろうか。彼女は何を考えているのだろう。いやな予感がする。

公園で話したあの夜の言葉が頭をよぎる。「このままだと殺してしまうかもしれない……。あいつのこと」。

彼女に援助交際を強要しているという男。茶髪頭に金のネックレスの堅気ではない雰囲気だった。もしかしたら、朔は本気であの男を殺そうとしているのかもしれない。「自分で解決しなければならない」。そう話したとき、何か言い知れぬ殺気を感じたからだ。

でも、相手は体格のいい逞しい男だ。女性の力で殺害するのは甚だ困難なのではないか。それに殺害に失敗したら、彼女はどんな目に遭うか分からない。気が気ではなかった。心配でたまらなかった。

数日後、朔を呼び出して話をした。

「やはり一人で解決するのは無理だ。警察に行こう。色々考えたけど、それが最良の方法だと思うんだ。心配しなくてもいい。少し調べたけど、こういった場合、朔が罪に問われることはない。まだ未成年だし、被害者として保護されるというから」

人気のない駐車場の一角で、彼女に訴えかけた。私の言葉を聞くと、朔は言う。

「何馬鹿なこと言ってんの。そんなの出来るわけないでしょ」

「いきなり警察に行くのがいやなら、誰かに相談しよう。君の両親とか、児童相談所とか」

「この前も言ったように、自分一人で解決するから。私のことはもう放っておいてくれないかな」

「放っておけないんだ。俺は決めたんだ。逃げたくない。友達が困っているのに、目を背けたくない」

私の本心だった。言葉を続ける。

「前にこう言ったよね。つまらない人生から、解放してほしいって。朔の援交の話を聞いてから、ずっとそのことを考えていた。どうすれば朔を救うことができるのかって。自分に何ができるか分からないけど、力になりたいって。俺は……俺は……お前のためなら」

朔は切れ長の目を私に向ける。その瞳はわずかに憂いを帯びていた。思わず言葉を呑み込み、視線を逸らしてしまう。彼女が私に言う。

「とにかくいやだから。警察とかに行くのは」

「分かった。じゃあ、何か別の方法を考えよう」

朔は私の言葉に答えない。ずっとうつむき押し黙っていた。そんな彼女の姿を見て、胸が締め付けられた。

それから二人で話をして、状況を打破する方法を考えた。彼女があの男と出会ったのは、一年半ほど前だという。そのころ朔は非行に走り、家を出て、夜の町を遊び歩いていた。そうなった原因は、どうやら家庭環境にあるらしい。家のことはあまり話したがらなかったが、彼女の実家は伝統ある旧家のようだ。父親に厳格に育てられ、それが嫌で家を飛び出した。そして、夜の町を彷徨（さまよ）い歩いているうちに、あの男と知り合ったのだ。

最初は甘い言葉で近寄ってきた。食事を奢（おご）ってくれたり、金銭の援助までしてくれたという。トラブルに巻き込まれたのを解決してくれたこともあった。それですっかり信頼してしまったのだが、ある時期を境に、態度が豹変（ひょうへん）する。突然、多額の金銭を要求してきたのだ。その金額は、これまで彼女に都合した分やトラブルの解決料などだという。もちろんそんな金など払えるはずもない。それで朔は男の言いなりになって、援助交際まで強いられるようになった。

男の目的は最初から、朔を金づるにすることだったのである。でもそれに気がついたときは、もう遅かった。それから一年ぐらいして、何とか彼が要求した額を返済したのだが、それでも男の支配から逃れることはできなかった。やめたいと言うと、暴力団との関係をちらつかせて、脅迫してきた。

「私以外にも、そういった女性は何人もいる。あの男は女を食い物にしている、くずのような男なんだ。あいつさえいなくなればって、みんな思っている……」

朔は深く思い悩んでいた。援助交際など続けたくない。父親の力を借りれば、縁を切ることができるかもしれないが、この事実を絶対に家族には知られたくない（先ほどのキノミヤの話では、朔の父親は彼だということだった。当時は「父親の力を借りる」とは、男に手切れ金を渡すなどの、金銭的な解決をイメージしていた。だが彼女の父親がキノミヤだとしたら、全く別の方法で男と縁を切らせるということになる。もちろん、キノミヤの話が本当ならばということではあるが）。警察に行こうと考えたこともあったが、家族に知られるのは同じである。それに男は逮捕されても、死刑になるわけではない。刑期を終えて出てきたら、復讐されるに違いない。

このような状況から逃れるためには、方法はただ一つだった。あの男を殺すしかない……。やはり朔は本気でそう考えていた。何とか説得して、思い止まらせる。彼女と話し合っているうちに、ある考えが浮かんだ。

「君は前に言ったよね。運命は変えられないって。自分らの人生は誰かに決められているって。どんな残酷な運命でも、悲惨な人生でも、逃げ出したりせず、それを受け入れなければならないって……」

朔は黙って、私の話を聞いている。

「運命は変えられるんだ。俺がそのことを証明する」

小さくため息をつくと、彼女は言う。

「無理だよ。運命は決まっている。どんなにあがいても、変えることなんか出来ないよ」

「いや、俺が藤村の運命を変えてみせる。あの男の住所や、普段の行動などを詳しく教えて欲しい」

彼女から情報を聞き出し、男を尾行することにした。

学校が終わると、彼の部屋があるマンションや行きつけの飲食店などに赴き、動向を探った。彼はやくざまがいの反社会的な人物だ。後をつけてゆけば、何か援助交際以外の犯罪、例えば傷害事件や麻薬売買などの証拠を得られるかもしれない。証拠を見つけたら、即座に警察に通報するつもりだった。彼が援交以外の罪で逮捕されたら、朔は報復を受けることなく、解放されるのではないかと思ったからだ。

でもその考えは浅はかだった。尾行しているだけでは、なかなか証拠は得られない。それに私は高校生だった。行動できる範囲や時間は限られている。彼が自分の車やタクシーに乗れば、追いかける手段はなかった。

そんなある日のことだ。夜の十時を過ぎたころ、朔から、男と食事しているという連絡が入った。二人がいるという中華料理店に行き、店の前で待つことにした。繁華街の外れにある高そうな店である。一時間くらいしたころだろうか、店から二人が出てきた。ブランドもののジャケット姿の茶髪男。朔はジーンズにブラウスというラフな服装だ。遠くから見ると大人の女性のように見える。男はかなり酔っているようだった。普段ならすぐにタクシーを拾うのだが、その日は朔と腕を組み、千鳥足で歩き出した。酔い覚ましに、少し歩こうということになったのだろうか。間隔を開けて、二人の後を追う。

繁華街を通り抜けて、朔と男は幹線道路沿いの歩道を進んでいった。しばらく歩いて行くと、橋が見えてきた。市街地を流れる川に架けられた橋である。工場が多いエリアのため、人気のあまりない、うら寂しい場所だ。辺りは薄暗く、灯りは欄干沿いに設置された街灯と、時折通過する車のヘッドライトだけである。

橋の上を歩いてゆくと、二人は中ほどで立ち止まった。遠くから彼らの様子を観察する。よほど飲んだのだろう。男は欄干にもたれかかり、朔が背中をさすっている。

その時である。ふと邪（よこしま）な考えが頭をもたげた。

今だったら、あの男を殺せるかもしれない。後ろから突き落とせばいいのだ。相手は相当酔っ払っている。橋から転落させるのは造作のないことだ。川の水深は決して浅くはない。落ちれば命はないはずである。辺りを見渡すと、幸い通行人の姿はない。

彼の方をじっと見る。欄干にもたれかかり、背を向けている茶髪の男。まるで社会の壁蝨（だに）のような存在である。あんな男に、生きている価値などないのだ。こんな機会は、もう二度とやって来ないだろう。やるなら今しかない。

視線の先に神経を集中させた。心臓の鼓動が高まってくる。

躊躇している時間などない。私は自分に言い聞かせる。あいつさえいなくなれば、朔は解放される。彼女の運命も変わるのだ。あの男さえ死ねば……。あの男さえ死ねば……。あの男さえ死ねば……。あの男さえ死ねば……。あの男さえ死ねば……。あの男さえ死ねば……。あの男さえ死ねば……。

心のなかで、そう何度も繰り返す。気がつくと、私は駆け出していた。視線の先には、体格のいいあの男の背中がある。脳裏に朔の言葉が響きわたる。「じゃあさ、あなたが助けてくれる？　こんなつまらない人生から、解放してくれるかな」。私は約束した。もう逃げたりしない。彼女の運命を変えてみせる。

男の背中が間近に迫ってくる。

朔が気づき、驚いた顔で私を見た。それと同時に、私は満身の力を込めて、男の背中を突き飛ばす。バランスを崩す男。朔が叫んだ。

「やめて」

私に飛びつき、必死に止めようとする。彼女を振り払い、何とか男の身体を欄干の向こう側に押し出した。男がこちらを向いて大きく目を見張った。その刹那(せつな)……。男の身体は真っ黒な川面に向かって転落していく。

どぼんという音が耳に響いた。

静寂が訪れる。

私はしばらく、その場から動けなかった。朔も青ざめ、傍らに立ちすくんでいる。

私は今、一体何をしたのか……。恐る恐る自分自身に問いかけた。するともう一人の自分が答える。私は男を殺したのだ。そのことを悟った途端、身体がぶるぶると震えだした。

私は男を殺したのだ。

私は男を殺したのだ。

私は男を殺したのだ。

震えが止まらなかった。朔が私の手を摑んだ。震えたまま彼女の顔を見る。私の手を握りしめたまま、朔は駆け出した。

夜の町を走る。

視線の先を、街灯や車のヘッドライトの光が、流れるように通り過ぎてゆく。朔と二人、走り続けた。それから後のことはよく覚えていない。

気がつくと、どこかの公園のベンチに座っていた。恐ろしくてたまらなかった。いつまでも震えが止まらない。私の身体を、ずっと朔が抱きしめてくれた。子供のように、彼女の胸のなかに顔を埋めていた私。彼女の体温を感じていても、震えは収まることはなかった。

翌日になって、私は恐ろしいほどの罪悪感に苛まれた。自分は取り返しのつかないことをしてしまったのだ。落ちてゆくときに見た茶髪男の顔が、目に焼き付いて離れない。

血走った目を大きく見開き、私を見る男。一体なぜ、自分は死ななければならないのか。そんな顔をしたまま、暗い川のなかに消えていった。殺すまでは、くずのような男だと思っていた。朔やそのほかの女性のためにも、彼の命を絶つことは正義だと信じ込んでいた。だが今になって考えると、自分は何て浅はかだったのだろうと思う。あの男も人の子なのだ。親や兄弟もいるのだろう。男の肉親は、彼の死を知ってどう思うのだろうか。自分が犯した罪の重さを思い知らされた。

もしかしたら、昨日の出来事は悪い夢だったのではないか。そう思うことにした。男を殺害したことは全部夢で、現実ではなかったのだ。もしくは、男は死んでいないのかもしれない。そんなことも考えた。彼は運良く救助されて、どこかで生きているのだ。もしそうだとしたら、彼に復讐されるかもしれないが、そう思った方が気は楽だった。

だが、そんな妄想はすぐに打ち砕かれる。男の死体が発見されたのだ。新聞などの報道によると、あの川の河口近くで、男性の溺死体が見つかり、警察が捜査を始めたという。自分が逮捕されるのは時間の問題なのかもしれない。いや、男の仲間たちが私の存在を突き止める方が先だろうか。男が誰に殺されたのか、彼らは躍起になって探しているに違いない。警察が先なのか。男の仲間が先なのか。いつ目の前に、自分の罪を糾弾するものが現れるのか。毎日びくびくと怯えながら暮らした。

それから朔とは、またあまり言葉を交わさないようになった。教室で顔を合わせると、あの夜の出来事が蘇る。その度に私は、自分の罪に押しつぶされそうになったからだ。でも、それと同時に、私の心の拠り所は、朔だけであることも事実だった。彼女は助けを求めてきた。このつまらない人生から解き放って欲しいと……。果たして本当に運命は変わったのだろうか。

だが結局、そのことを直接彼女に聞くことはできなかった。なぜなら、それからしばらくして、朔が学校に姿を現さなくなったからだ。

一体何があったのだろうか。不安になり、担任の教師にそれとなく聞いてみた。教師の話では、家庭の事情で休学したいとの申し出があったということだった。本当に家庭の事情なのだろうか。あの男が死んだことで、前よりももっとまずい状況になっているのではないか。気が気でならなかった。

ある日思い切って、朔に連絡を取ることにした。クラス名簿に載っていた朔の家の番号に電話をかけてみたのだ。しかし、ずっと呼び出し音が続くだけで応答はなかった。胸が張り裂けそうだった。彼女を救いたいと思って罪を犯したのだ。朔が不幸になっていたら意味はなかった。

それから一ヶ月ほどしてからのことだ。彼女から自宅に手紙が届いた。封を開けると、一枚の便せんに、こう書かれていた。

いろいろとありがとう。本当は、また会って話したいけど……。私は大丈夫だよ。

藤村朔

ほっと胸をなで下ろした。すぐに返事を書くことにした。

〈運命は変わったのか?〉

どうしても、聞いてみたいと思ったからだ。でも結局、その手紙は出さなかった。もう一度、会いたいと思ったのは正直な気持ちだが、無事ならそれでよかった。そのことが分かっただけで十分だった。

そして私は考えた。もう自分の罪に怯えるのはやめよう。彼女が救われたのならば、私の行為には、それなりの意味があったということなのだ。私は、自らが犯した罪を受け入れることにした。私は人を殺した。その罪からは、生涯逃れられるものではない。朔に助けを求められたとき、逃げ出したくないと思った。あの男と家族には大変申し訳ないが、今は自分の行為を悔やんではいない。だから逮捕されてもいいと思った。警察が来たら、甘んじて法の裁きを受けよう。一生かかってでも、自らが犯した罪を償う覚悟をしたのだ。

　だがそれから不思議なことに、私は逮捕されることはなかった。警察からの連絡はなく、男の仲間もやって来なかった。腹を括り、待ち構えていたのだが、ついぞ私の犯罪を糾弾するものは現れなかった。

　事件を報じる記事には、警察が捜査を開始したとあったが、その後はどうなったのかは分からなかった。捜査は打ち切られたのだろうか。もしかしたら警察は、彼の死を殺人だとは断定できなかったのではないか。あの時、橋の上には私たちのほかには誰もいなかった。防犯カメラがあるような場所でもない。きっと警察は、あの男が川に落ちた理由を、特定することができなかったに違いない。それに、もし他殺の疑いで捜査されていたとしても、警察が私にたどり着くことはないであろう。あの男と私の間には、何の接点もないからである。朔が証言しない限りは、私の犯行を示す証拠はどこにもないのだ。

　こうして私の犯罪は、闇に埋もれて消えたのである。それから私は高校を出て、大学に進んで社会人となった。しかし高校時代のこの体験は、深い傷となって心に刻みつけられている。あの夜のことは、生涯忘れ去ることは出来ないだろう。そして時間が経つにつれて、冷静に考えられるようになった。

今思うと、男の行動にはいくつか不自然な点がある。彼は普段、タクシーで移動していたのだが、あの日に限ってはそうではなかった。一体なぜ男は、車を拾わずに歩き出したのだろうか。そしてなぜ、橋の上で立ち止まったのか。そもそも男はなぜ、あれほどまでに酔っていたのだろう。私はあの時、殺害するには絶好の機会だと思った。だから衝動的に突き落としたのだが、今になってよく考えてみると、あまりにも舞台が整いすぎていたのではないかと思う。

ある一つの想像が頭をよぎる。あのとき……彼を殺害するシチュエーションを作り出せたのは一人しかない。男と一緒にいると、私をあの中華料理店に呼び寄せたのは……。そして、ふらふらになるまで彼を酔わせるのも、タクシーに乗らずに彼を歩かせるのも……それが出来るのは朔だけなのだ。彼女は私が尾行していることを知っていた。もしかしたら、朔は私が見ているのを知っていて、男を橋の上に立ち止まらせたのではないか。わざと欄干の前で彼の背中をさすり、突き落としやすい状況を作り出した……。

つまり朔が、私に彼を殺させたのだ。

彼女は男の死を願っていた。自分を支配していた男から、どうしても逃れたかった。

だから自ら手を下すことなく、彼の命を奪おうと画策した。

でも、それならば一つ疑問が残る。なぜあの時、彼女は私を止めようとしたのだろう。男の身体を川に突き落とそうとする私の行為を、朔は必死にやめさせようとした。一体それはなぜなのか。朔も本気で男を殺そうと思っていた。私を殺人の実行者に仕立て上げたのならば、別に止めなくても良かったのではないか。自分は共犯者ではないということを示すための演技だったのだろうか。でももしそうだとしたら、誰のための演技だったのだろう。橋の上には、私たち以外は誰もいなかったはずではないか。それにあのときの様子は、とても演技とは思えなかった。彼女は本当に、男を突き落とそうとする私の行為を、懸命に食い止めようとしていたのだ。私が殺人をするように仕向けておいて、なぜやめさせようとしたのか。彼女の行動は矛盾していると思った。

だがどんなに考えても、答えは出てこなかった。朔に聞かない限りは、永遠に答えは分からないのだ。それに、もし殺人者に仕立て上げられたのだとしても、別にそれでいいと思った。彼女のためなら人を殺してもいい。そう思って行動したのは、紛れもない事実だったからだ。

あのころ、私が抱いていた感情は一体、何だったのだろうか。彼女に恋をしていたということなのか。いや、それはちょっと違うと思う。そんなありふれた言葉で表現できるようなものではない。自分にとって朔とは、ただひたすらに大切で、限りなく尊い存在だった。ただそれだけなのだ。そして彼女は忽然(こつぜん)と姿を消した。私の心に深い傷跡だけを遺(のこ)したまま。

そして五年前、私は朔と再会する。街角で彼女に声をかけられたあの日。偶然とはいえ、運命のいたずらに言葉を失った。大人の女性に成長した朔。だが、あの醒めたような目つきは同じだった。それからしばらく、何度か彼女と会った。そのことに関しては、あまり詳しく述べる必要はないだろう。ただ、私は青春を取り戻すかのように、朔と逢瀬を続けた。

恋人でも友人でもない。だが、恐ろしい秘密を共有する、特別な存在。でも再会してからは、なぜかあの夜の出来事を口に出すことは出来なかった。それは彼女も同じだったようだ。軽はずみに言葉にしてはならない、悪夢のような記憶。あの日のことは、暗黙の了解の如く、二人の間では禁句になっていた。

そして、そんな関係もやがて終わりを迎える。高校時代と同じだった。また突然、連絡が取れなくなったのだ。でもそれでもよかった。彼女との再会によって、私は自分の心に一つのピリオドを打つことができたからだ。これからはまた、互いに違う人生を歩んでいくのだろう。そう思っていた。

しかし再び、運命の糸は私と朔をたぐり寄せたのだ。青木伊知郎から、彼女の死を知らされたときは、得も言われぬ感情にとらわれてしまった。心のなかに封じ込めていた、朔の顔が鮮明に蘇る。

一体なぜ彼女は死んだのか。どうしても知りたいと思った。それから、この施設を訪れた顛末（てんまつ）は、前に書いた通りだ。

以上が私の告白である。

以前のルポのなかで、私はこう記述した。

——どうしたら彼女を救えるのか。思い悩んだ挙げ句、勇気を振り絞った。自分なりに出来る限りのことをした——

傍点の箇所は、私が「殺人を犯した」ことを意味している。その事実は、意図的に隠したい出来事ではあったのだが、ルポルタージュは不正確なものであってはならない。そう考え、このような表現にした。重要な事実を隠していたことをここでお詫（わ）びする。

十五年前、確かに私は、一人の男を川に突き落とし殺害した。そしてその罪を抱えたまま、これまでずっと生きていた。それは嘘偽りないことである。今日私は、自らの罪を全てキノミヤに打ち明けた。誰にも話すことのなかった事実を明かし、懺悔したのである。だから今は、心が洗い流されたような気分なのだ。

キノミヤは私の話を黙って聞いていた。驚きもせず、咎めたりすることもなく、ただじっと耳を傾けていた。きっと彼は、予め私の罪を知っていたのだと思う。やはり朔が、この施設に滞在している時に、彼に打ち明けていたのだろう。いやそれより前に、聞かされていたのかもしれない。彼が朔の父親だとしたら、その可能性はある。

いずれにせよキノミヤと朔の関係は、もっと知りたいと思っている。朔の死の真相についても、結局はまだよく分かっていない。単なる病死だったのか、それとも誰かに殺されたのか。そのことを突き止めるためにも、まだこの施設を去るわけにはいかないのだ。青木伊知郎も消息不明のままである。一体彼はどこに消えたのか。キノミヤは「呪い」は実在すると言うが、その実態は何なのか。彼らはどうやって、相手を呪い殺しているのか。

先ほどキノミヤは言った。「心のうちに充満した怒りや恨みを熟成させ、神の恩恵を受ける資格を得たもの」だけを選び、復讐を実行しているのだと。村人たちは神に選ばれるまで、何年も待ち続けているのだ。一体「呪い」による復讐とはどのようにして行われているのか。

知りたいことはまだ山ほどある。だが今日は少し疲れたようだ。一旦ここで、筆を置くことにする。

8

奇妙な音がして目が覚めた。

金属を叩くような高い音である。どこかで鐘のようなものを鳴らしているのだろうか。断続的に響いている。静かに耳を澄ませる。決して不快な感じではない。どちらかというとその逆だ。あの音を聞いていると、やけに落ち着いてくる。

これがキノミヤの言う、次なる地平に昇華した者の感覚というものなのか。まるで魔法にかけられたような気分だ。

施設に戻って五日ほどが経過した。

少し前までは、目映いほどに紅く色づいていた木々の葉も色褪せ、秋の終わりを告げている。

あれから、取り立てて大きな変化はない。村人たちは、私がこの村の真実をキノミヤから聞かされたことを知っているようだが、以前となんら変わりなく、好意的に接してくれる。いや、以前にも増して、腹を割って話してくれるようになった。彼らから話を聞いて、この施設の知られざる実態が明らかになったので、ここに書き留めておく。

村人たちは、自分の復讐が果たされる日を、じっと待ち続けている。まるで地中で眠る蟬の幼虫のように……。復讐が実行されるかどうか、その選択は全て、キノミヤが行っているという。集会で村人たちの話を聞き、相手に対する憎悪の熱量のようなものを見極め、復讐行為を実行するべきかどうか判断している。彼らの願望が達成されるまでには、村を訪れてから何年もかかるのだという。一体なぜキノミヤは、それほどの時間をかけて、村人たちの恨みを「熟成」させるようなことをしているのか。

酒内村の記事が掲載された『地史研究』にはこう記されている。

――儀式を実行するためには、呪いの力が不可欠であるとされた。呪術者らが、恨みを持つ者から呪詛を請け負っていたのも、この百年祭のためであるという――

　酒内村では、百年祭を行わなければ、国が滅ぶと信じられていた。百年に一度の儀式を実行するために、復讐者の恨みの力を活用していたというのだ。酒内村の伝統を受け継いだこの「すくいの村」でも、それを踏襲しているのだろう。

　村人らの話によると、キノミヤに選ばれた者には、まず冊子が手渡されるのだという。私のところにキノミヤが送りつけてきた、『呪いの考察と研究』という、あの二冊の冊子である。冊子を受け取った村人は、キノミヤにどこかに連れていかれ、洗礼が行われる。洗礼の内容や場所は明らかではない。キノミヤと選ばれた村人以外に、それを知る由はないからだ。呪いが実行された後でも、そのことを語るのは固く禁じられているようだ。これはあくまで想像ではあるが、洗礼が行われるのはあの酒内湖ではないかと思う。酒内村があったあの場所は、彼らにとっては特別な場所のはずだ。その聖地とも言える場所で、人知れず「呪術」のようなことが行われているに違いない。そして復讐相手が命を落とし、本懐を遂げた村人らは、数日後には施設を後にする。積年の恨みを晴らし、願いを叶えた者たちは、「生まれ変わることができた」として卒業してゆくのだ。

一体キノミヤがどうやって、復讐相手を「呪い」殺しているのか。本当に彼らは、「呪術」という人智(じんち)の及ばないような方法を用いて、人を殺害しているのか。その具体的な内容について知りたいのだが、それにはまだ、しばらく時間がかかりそうだ。前述の通り、洗礼の内容は極秘とされているからである。私が誰かを殺したいほど恨み、キノミヤに選ばれて洗礼を受けない限りは、それを知ることは困難なのだ。

残念ながら、現時点で私には、殺意を抱くほどの復讐の相手は存在しない。もし本当に彼らが念力のようなもので、遠く離れた場所から相手を呪い殺しているとしたら、これは驚くべきことであるのだが、そのことに関しては、未だ(いま)懐疑的な考えを払拭(ふっしょく)することはできない。これは私の推察なのだが、やはり彼らは呪術などではなく、物理的に殺害を行っているのではないかと思う。

そういえばキノミヤは、野菜の配達に出かけると言って、村を不在にすることがある。村人を四、五人引き連れて、二、三日、泊まりがけで出かけるのだ。そして決まって、その数日後には村人の誰かが、「立ち直ることができた」と施設を出て行くのである。私はかねてから、そのことが気になっていた。もしかしたら配達と称して、その間に復讐行為を実行しているのではないか。洗礼を受けた村人を連れて、復讐相手のもとに行き、暗殺者の如(ごと)く、人知れず命を奪っているのだ。

でも観察していると、卒業する本人は配達には参加しておらず、それは単なる思い過ごしなのではないかと考えるようになった。村人によると、誰かが卒業する何日か前に他のものたちが配達に出るのは、盛大な送別会を開くための買い出しも兼ねているという。だが、キノミヤ自らの口から復讐行為の事実が明かされた今、改めて考えると、新たな推測が頭をよぎる。

やはり彼らは、配達と称して、復讐相手のもとを訪れているのだ。そして報復措置を実行しているのだと思う。復讐を依頼したものが、直接殺害行為に加わるのは危険である。相手や周辺の人たちに顔を知られているので、いろいろと都合が悪いはずだ。だから復讐を依頼したものは直接、報復には加わらず、別の誰かが殺害を行っているのである。そして、その殺害を実行した村人は、自分の復讐が遂行されるときは参加せず、じっと村で待機しているのだ。つまりこの村では、「呪術」と称して、交換殺人が繰り返し行われているのである。そう考えると全て辻褄（つじつま）が合う。古くからそうだったのかもしれない。呪詛の村として知られた酒内村のからくりは、復讐心を抱くものが、相手を交換して殺害を行う場所だったのだ。

もちろん、それは私の推測でしかない。彼らの復讐行為の実態を明らかにするためには、まだしばらくはこの村に滞在して、調査を続けなければならないのだと思う。

彼らの殺害の方法が、非科学的な「呪い」などではなく、物理的な殺人だったとしても、取材価値があることに変わりはない。もしかしたら、その実態を探り出すのが、ジャーナリストとしての私の使命なのかもしれない。

それに自分自身は、以前とは全く違う気持ちで、彼らにある種の共感のようなものを抱いている。私はキノミヤに自らの罪を告白し懺悔（ざんげ）した。村人たちと同根というわけではないのだが、キノミヤに救いを求めているという点では、彼らと同じような存在なのである。

もしかしたら、私がここに来ることは、遠い昔から定められていたのかもしれない。ふとそう思うことがある。「すくいの村」にいると、やけに心が落ち着くのだ。なぜそう感じるのかは分からない。朔がこの村にいたからなのだろうか。ここにいると、彼女の息吹（いぶき）を感じるときがある。時折彼女がすぐ側にいるのではないか、そんな錯覚に陥ることもある。

彼らの真実を記録することが、私に与えられた宿命に違いない。そして一体なぜ朔は死んだのか。彼女の死にはどんな意味があるのか。それについても、引き続き考えていきたいと思う。

「それではみなさんに質問します。みなさんは、死ぬことが怖いですか」

薪に火が灯された広場。一同の前に立ち、キノミヤが問いかける。

「どうでしょうか。死ぬことが怖いという方は、どうぞ挙手をお願いします」

村人たちがぱらぱらと手を上げる。私を含む、ほとんどのものが挙手をした。

「そうですよね。ありがとうございます。手を下ろしていただいて結構です。私もそうです。死ぬのは怖いです。だから今日は、是非みなさんに知っておいてもらいたい言葉があるんです」

キノミヤは、一呼吸置いて言う。

「死ぬことが怖くなくなる言葉です。どうですか、知りたくありませんか」

彼の話を聞いて、村人たちは大きく頷いている。

「それではお教えしましょう。それは……色即是空、空即是色という言葉です。みなさんも聞いたことはあるでしょう。色即是空、空即是色。般若心経というお経のなかにある一節です。このたった八文字の言葉は、この世の本当の姿を表しており、その意味を理解することで、この世の苦しみから解放されると言われているのです」

一同は静まりかえり、彼の言葉に耳を傾けている。

「色即是空、空即是色……。〝色〟は、この世にある形あるもの全てを表しています。

〝空〟とは実体がないということ。つまりこの色即是空、空即是色という言葉は『形あるものは実体がなく、実体がないものには形がある』という意味なのです。でも一体これはどういうことなのでしょうか。お分かりになりますか」

キノミヤが、一同を見渡して言う。

「『形あるものは実体がなく、実体がないものには形がある』。なにやら矛盾しているように思いますよね。なぜこの言葉の意味を知ると、この世の苦しみから解放されるのか。それについて説明しましょう」

そう言うとキノミヤは一つ、小さく咳払い(せきばらい)をした。そして、彼の口がゆっくりと動き出した。

「形あるものはいつか滅びます。物はいつか壊れ、時が経つにつれて、風化して消えてなくなるのです。人間もそうです。誰しも肉体は老化し、やがて命を落とし、この世から消えてしまうでしょう。それは誰にも止められません。我々の周りにある物質は全て、やがては実体のない〝空〟の存在となるのです。この世のあらゆるものが、実は実体のない存在であることが理解できれば、物質や肉体に執着するのは意味のないことだと分かるはずです」

穏やかな声で、語り続けるキノミヤ。彼の話が、心に染(し)みこんでくるようだ。

「釈迦(しゃか)は、この世に苦しみが生まれる原因は、我々が物に執着する気持ち、すなわち煩悩(ぼんのう)にあると見切りました。いい物を持ちたい、お金が欲しい、美しくありたいと、何かに執着し、煩悩を抱くから人間は苦しむのです。我々の肉体や心を含む、この世の全てのものが、実体など存在しない〝空〟であると考えると、煩悩は消え去ります。物質への執着はなくなり、老いの苦しみや死の恐怖からも解放されるはず。この世界のあらゆるものが〝空〟であることを知り、心の底から理解したら、何も苦しむことなどなくなるのです。それが、あなたが今ここに存在する世界の真実なのですから……。色即是空、空即是色。この世のあらゆるものには実体がなく、実体がないものがこの世のあらゆるものであるということ」

私は心のなかで、その言葉を繰り返した。

色即是空、空即是色。

色即是空、空即是色。

色即是空、空即是色……。

「この言葉の意味を本当に理解することができたら、死ぬことなど怖くなくなるのです。いかがですか。お分かりいただけましたでしょうか。少しでも、みなさんのこれからの人生の手助けになればと思い、お話ししました。これで終わります。最後まで聞いていただき、ありがとうございました」

またあの鐘の音がする。

どこか遠くから聞こえてくる。私の身体中に響き渡る鐘のリズム。これは現実のものなのか、それとも私の心だけに聞こえているのか。分からなくなってきた。鐘の音に、身も心も浄化してゆくような感覚がある。

目を閉じて、暗闇のなかで耳を澄ませる。

十一月も半ばを過ぎた。

今日は木枯らしが吹く、肌寒い一日だった。

この施設を初めて訪れた時は、まだ残暑厳しい時期だったことを思い出す。

取材に関して言うと、正直あまり捗っていない。体調が芳しくないからだ。近頃、頻繁に頭がぼんやりとするときがある。気分は高揚しているが、なぜか身体がふわふわと浮ついているように感じるのだ。まるで心と身体が乖離したような感じである。時間の感覚もなくなった。時が逆流しているような気もする。一体自分の身体に何が起こっているのだろうか。パソコンのキーボードも満足に打てず、意識が朦朧とすることもある。原稿を書いていても、気がつくと眠りに落ちていることが度々なのだ。今は何とか両手を動かして、パソコンに向かいこの文章を打ち込んでいる。

昨夜、不思議な夢を見た。

気がつくと、どこか知らない場所にいる。私は部屋の中央に横たわっていた。入れ替わり立ち替わり、村人たちが私を覗き込んでいる。そのなかには、キノミヤがいる。散髪をしてくれた野瀧や、あのアップルパイの女性もいた。彼らは穏やかな笑顔を浮かべて、私の方を見ている。

夢のなかでも、ずっとあの鐘の音は鳴り続けている……。

村人のなかに、見慣れない顔があった。背の高い無精髭の男だ。男の顔を見て考える。もしかしたら、どこかで会ったことがあるのかもしれない。一体彼は誰なのだろう。記憶のなかにある一人の男の顔と合致する。青木伊知郎である。行方不明の朔夫だ。私が会ったときは、あのような髭を生やしていなかったので、すぐには誰だか分からなかったのだ。でも一体なぜ彼が、村人のなかにいるのだろう。まあ夢なので、深く考えても仕方ないのだが。

その時である。一人の女が入ってきた。白装束の女だ。女がゆっくりと歩いてきて、私のすぐ傍で立ち止まった。髪の長い女である。彼女は私の顔を覗き込んだ。その女の顔を見て、我が目を疑った。

女は朔である。

あの醒(さ)めたような目で、私を見ている。

信じられなかった。私が人を殺してまで、守りたいと思った女。固唾(かたず)を呑(の)んで彼女を見る。その姿は、神々(こうごう)しいとさえ思う。夢のなかとは言え、またこうして会うことが出来た。いや、もしかしたら夢ではないのかもしれない。

涙がこみ上げてくる。鐘の音がずっと鳴り響いている。夢と現実の区別がつかなくなってきた。朔の声がする。

「丸い貝は幸せをよぶらしいよ」

彼女がくれた小さな貝殻。あれはどこに行ったのだろう。

朔が帯に手をやる。帯を解くと、着物を脱ぎ出した。白装束が床に落ちる。白い裸体が露(あら)わになる。裸のまま隣に寝そべると、私を抱擁してくれた。

あの夜のことを思い出す。男を殺した後、ずっと震える私を抱きしめてくれた朔。自らの罪に打ち震えながらも、私はこの上ない幸せを享受(きょうじゅ)していた。

涙がにじんだ目で、朔が私を見ry。あの時と同じである。自分は今、至福のなかにいる。私の髪を優しく撫(な)でながら、かのjふぁmd;;p-^^

9

取材者の男性（T）が、文章を書き記すことが困難な状態となった。

以下の文章は代理者によって記述されたものである。このルポルタージュは大変貴重であり、後世に伝える記録として、継続するべきであるという判断がなされたからだ。予めそのことを断っておく。


刻一刻と日が迫ってくる。

施設のなかも準備に追われて慌ただしくなってきた。

キノミヤは病に蝕まれた身体に鞭打って、懸命に取り組んでいる。妻も精神統一のため、一人で部屋に籠もるようになった。Tは意識が混濁し、手足が麻痺し始めた。投与した薬の効果が現れている。

全ては順調だ。キノミヤの体調だけが心配である。

妻の精神状態が不安定になってゆく。無理もないことだ。彼女はずっと葛藤（かっとう）していた。自分の血筋を呪い、運命を受け入れることを拒んでいた時期もあったからだ。特にTに対してはそうだったのだろう。彼の記述を読むと、Tは妻に対して、並々ならぬ感情を抱いていたことが分かる。きっと妻も同じだったと思う。だから何度か妻は、Tとのつながりを断ち切るようなことをした。だが結局はそれも無駄だった。彼は我々が企図した通り、この村にやって来た。そして自らの罪を打ち明け、懺悔した。運命は変えられなかったということだ。

Tと妻は心で通じ合っている。私は二人の関係に嫉妬（しっと）のような感情を禁じ得ない。恥を忍んで言うが、羨（うらや）ましいとさえ思うこともあるのだ。彼の意識は日を追うごとに混濁しているのだが、その表情はとても満ち足りているように見える。尊い人のために昇華するとき、きっと彼は誰も感じたことのない快感を享受するのだろう。Tに成り代わりたい。そう思うこともある。でも自分にはそんな資格はない。自らの運命を呪うしかない。

妻がキノミヤの部屋に籠もり、祈禱を始めた。彼の部屋には、先祖から受け継いだ御神体が祀られているという。もちろん妻とキノミヤ以外、誰も見たことはない。祈禱は六日間続けられる。妻の許しがあるまでは誰も入ってはならない。

ついにその日が来た。

意識のないTの身体を数人がかりで抱え、風呂場へと向かう。浴室のドアを開け、浴槽の縁にもたれかかるような姿勢でTの身体を置いた。衣服を剝ぎ取り、裸にする。あばら骨が浮き出たTの裸体。ここ数日は食事も出来ないような状態だったので、ひどく痩せこけている。村人の一人が、用意していた鋸を取り出す。Tの手を取り、鋸の歯を彼の上腕部にあてがった。村人がちらりとこちらを見る。私が頷くと、村人は腕に力を込めた。数回鋸を引く。肌が裂けて、血が噴き出した。苦しむ素振りはない。麻酔がうまく効いているようだ。

解体の順番は、伝統に則して執り行われた。まず両腕が切断される。そして両足が切り落とされた。浴場のタイルに夥しい量の血液が流れている。暑さに耐えられなくなってきた。浴槽の湯は抜かれていたが、それでも浴室内は熱気が充満していた。一人、また一人と、村人たちが服を脱ぎ始める。私も返り血で真っ赤になったTシャツを脱ぎ、裸になって作業を続けた。

Tの身体は胴体と頭だけの状態となった。

でも彼はまだ生きている。なにか夢を見ているのだろうか。その顔はうっとりとしており、わずかに笑みが浮かんでいた。彼の顔を見ていると、涙がこみ上げてくる。憐れんでいるのではない。それはただひたすらに、これから崇高な存在へと昇華するTへの、憧憬に近いような感情なのだ。

心穏やかにして、精神を統一する。彼の首筋に、血にまみれたぎざぎざの刃をあてがう。

力を込めて鋸を引く。血が噴き出すと同時に、彼が叫んだ。とても人間の声とは思えない、調子が外れた弦楽器から出る音のようだ。村人らは固唾を呑んでいる。Tは目を大きく見開き、血走った目で私を凝視した。麻酔が切れたのだ。私は構わず、鋸を引き続ける。悲鳴が浴場中に、木霊のように反響している。彼の顔が苦痛に歪んでゆく。

その時、私は畏れながらも深く感動していた。命あるものが迎えている断末魔は、凄まじい迫力だ。古代より人々は、もだえ苦しむ贄の姿に、神を見たという。まさに今、私はその瞬間を実感している。

鋸を手に作業を続ける。いつの間にか絶叫は止んでいた。Tの顔は苦痛に歪んだまま硬直している。ついに彼は事切れたのだ。血まみれの手の甲で、額に流れる汗を拭う。浴室には熱気とものすごい臭気がたちこめている。そのまま鋸を引き続けると、首の骨が切断され、頭部がだらりと垂れ下がった。そのまま鋸を何度か引くと、皮も切れて、彼の首はタイルの上に転がり落ちた。

それからも解体は続けられる。村人たちと手分けして、Tの身体は四十九個の肉片に分断された。肉片をポリ袋に入れて、数個のクーラーボックスに分けて収納する。そのまま村人たちと、浴室内のシャワーで身体を洗い、血で汚れたタイルを洗浄した。クーラーボックスを軽トラックの荷台に積み込み、一旦休憩することにする。

食堂では、女性の村人らが昼食用の握り飯と味噌汁を用意してくれていた。最初は、とても食べる気がしないと思ったが、味噌汁の匂いを嗅ぐと食欲が湧いてきた。力仕事をしたのだ。空腹だったことに気がつく。みんなも同じである。解体を手伝ってくれた者たちと、貪るように握り飯を頬張る。

夜の深い時間になった。軽トラックに乗り込み、施設を後にする。森林のなかを少し走ると、国道に差し掛かった。緊張しながら、暗い峠道を上ってゆく。荷台には遺体の入ったクーラーボックスがある。万が一、警察に車を停められて遺体が見つかるようなことがあれば、元も子もない。注意深く周囲を見渡す。幸い行き交う車は一台もない。慎重に運転しながら、酒内湖を目指した。

国道を十五分ほど走り、分岐している山道に入ってゆく。軽トラック一台がやっと通れるほどの細い道だ。周囲は真っ暗で、外は何も見えない。暗闇のなかを走り続け、瑞江古道の入口に到着した。ここから車は入れない。道端に軽トラを駐車する。ヘッドライトを消すと、辺りは闇に包まれた。

車のなかで待っていると、後ろから複数の光が近づいてくるのが見えた。懐中電灯の光である。村人たちがやってきたのだ。彼らと合流する。荷台のクーラーボックスのなかから、ポリ袋を取りだし、村人たちに手渡した。ポリ袋が全て分配されたことを確認すると、道具が入ったリュックを抱え、古道のなかに入ってゆく。

暗闇に閉ざされた森のなかを、懐中電灯の明かりだけを頼りに進んでいった。

ぞろぞろと歩く十数名の村人たち。彼らは皆、片手に懐中電灯、別の手には遺体が入ったポリ袋を大事そうに抱えている。端から見れば、それはきっと異様な光景なのだろう。もちろんそのなかには女性の姿もある。老人の姿もあった。彼らはみな、胸のうちに秘めた憎悪を滾らせ、闇のなかを歩いている。

会社を奪われた者。堕胎を強要され、ぼろ雑巾のように恋人に捨てられた女性。インターネットに裸を晒された女教師。娘を轢き殺された父親。夫の遺産を親戚に奪い取られた妻。部下に裏切られた元商社マン……。恐れを成しているようなものは誰一人いない。彼らは今、これから行われることの意義を、深く理解しているからだ。そしてそれは、自分らの願いを成就させるために、絶対に行わなければならないということも……。

三十分ほど森のなかを歩き、酒内湖の畔にたどり着いた。村人たちは、持参してきた手燭の蠟燭に火を灯し、儀式の準備に取りかかっている。

湖畔一帯は深い闇に包まれていた。

新月の夜である。

暗黒の夜空に月は見えない。新月とは、太陽と地球の間に月があり、地球側の月面に太陽光が当たらず真っ暗な状態のことを言う。一体なぜ、新月の日に儀式を行うのか。理由は定かではない。新月の時は、地上には目には見えない力が満ち溢れているという。新月の日にお祈りをすると、願いが叶うという言い伝えもある。月の引力は、地球や人体にも多大なる影響を与えているといわれているのだ。事実、潮の満ち引きや女性の生理周期も、月の引力が作用しているのではないかという研究もある。月や天体の動きが、地球や我々人類の歴史に大きく影響を及ぼしていたとしても、何ら不思議な話ではない。

眼前の夜空を仰ぎ見る。月明りがないので、星の光がよく見えた。数万年前の光の瞬(また)き。百年という時の刻みは、我々からすると長い年月のように思うが、天文学的な見地からすると、わずか一瞬に過ぎない。大自然や宇宙の法則に比べると、人間の営みとはなんと小さなものであるかと思い知らされる。

暗闇のなか、草むらを踏みしめる音がした。

村人の一人が、足音の方に手燭の灯を向ける。光に照らされたのは、キノミヤと私の妻である。烏帽子(えぼし)に装束姿のキノミヤ。妻も白装束に身を包んでいる。キノミヤは妻の手を引いて、こっちに歩いてくる。妻の目は視線が定まっていない。なにやら朦朧としているようだ。ゆらめく蠟燭の灯りに照らされた彼女の顔を見て、私ははっとする。その姿は、神々しいほどに美しいと感じたからだ。

私たちの前まで来ると、二人は足を止めた。キノミヤが一同を見渡す。青銅製の古びた鐘を取り出し、桴(ばち)で叩き始めた。鐘の音が、静寂に包まれていた酒内湖に響き渡った。

妻が目を閉じて、精神を統一させている。神々と交信しているのだ。村人たちは彼女の姿を注視している。妻が高らかに祝詞(のりと)を唱え始めた。辺りは厳(おごそ)かな雰囲気に包まれる。いよいよ儀式が始まるのだ。背筋がぞくぞくしてくる。

妻の足が動いた。祈禱しながら、真っ暗な闇のなかを歩き出す。キノミヤも鐘を鳴らしながら、その後に続く。村人たちも二人の後ろに連なり、進み始めた。

村人が手燭をかざして、視線の先を照らす。湖を周回する道が見えてきた。巨木が立ち並ぶ霊道。伝承に従い、行列は順路とは逆方向の道を進み始める。

逆打ちである。儀式の時以外は、決してこの方向に歩いてはならないとされている。背徳感を覚えながら、禁じられた行路を歩む。闇のなか、逆打ちの霊道を進む行列。周囲には、目に見えない霊気のようなものが漂っている。

暗闇のなかを進んでゆく。おもむろに妻が立ち止まった。目の前に聳え立つ大木に向かって、祝詞を上げる。遅れて村人が手燭を掲げ、大木を照らした。古くからこの霊道に立つ神木である。

村人の一人が大木に歩み寄った。手にしているポリ袋のなかから、肉塊を取り出す。赤黒く変色したTの左手首である。虚空を鷲摑みするような形で硬直している。村人は頭を垂れて、手首を木の幹にあてがう。私は、リュックから金槌と五寸釘を取り出した。深く一礼して、釘を打ち付ける。肉塊の掌に、鈍い光沢を放つ金属が埋没してゆく。

淀（よど）みなく儀式は続けられた。霊道を行進しながら、贄の肉体を神木に祀ってゆく。その間も妻の祈禱は途切れることなく、キノミヤの鐘も絶え間なく鳴り響いていた。木の幹に釘で打ち付けた腕や足、胸や腹、耳や生殖器など切断されたTの肉体。百年の祈りが届くように、ばらばらにした遺骸（いがい）を神に捧（ささ）げていった。

そして最後に頭部だけが残される。

ポリ袋から、Tの頭を取り出した。切断面の血はどす黒く凝固し、皮膚は青白く変色している。頭部は、釘だけでは上手（うま）く固定することができない。針金を口に咥（くわ）えさせ、木の幹に巻き付けた。数人がかりで作業して、何とか取り付ける。

神木の幹に飾られたTの首。苦悶（くもん）に歪んだ貌（かお）。意志を失った灰色の目。針金を咥え、剝（む）き出しになった歯。その姿を見て、思わず目が眩（くら）みそうになった。なぜなら彼は、まるで荒ぶる神の代弁者のように見えたからだ。

突然、風が吹き荒れる。木々の葉が擦れ合い、ざわめき始めた。

私たちは大自然と……そして神と一体になったことを悟る。今まで、経験したことがないような感情に支配される。その心地は感動というありきたりな言葉では、到底言い表せない。それは、歓喜でもあり哀（かな）しみでもあり、慈愛でもあり憎しみでもあり、希望でも絶望でもあった。例えば神を見たとき、どんな気持ちになるのか。とても言葉で表現することなど、できるはずはないであろう。

そうなのだ。私は今確実に感じている。神の息吹を……。神はすぐ目の前にいる。

それは間違いないことなのだ。

ふと妻の方に目をやる。彼女は木の幹に飾り付けられたTの頭部に向かって、一心不乱に祈禱を続けている。白く濁っている彼の目は、まるで妻を見ているようだ。

髪を振り乱し、祝詞を唱える妻。

その姿をじっと見ている彼。

二人は何を話しているのだろうか。神に出会えた感慨なのか。永遠を紡ぐことができた喜びなのか。それともまた、運命の実存について語り合っているのか。それは決して、私には計り知れないことである。

新月の夜である。ただ鐘の音が、ずっと鳴り続けていた。

新月……月が見えない日のこと。朔ともいう。


儀式が終わり、一週間が経過する。

私は未だ、感慨から覚めることができない。そして、この百年に一度の偉業を為しとげたキノミヤと妻に対しては、尊崇の念を禁じ得ない。あれから妻は、しばらく寝込んでいたが、次第に体調を取り戻しつつある。重圧から解放されたのか、その表情は以前よりも快活になったように思う。

施設の様子は、取り立てて大きな変化はない。だが村人たちの顔は、心なしか生き生きとしているように感じる。彼らは本当によくやってくれた。彼らが抱いていた怒りや怨み、燃え上がるような憤怒の力がなければ、神と一体化することは困難であったに違いない。今はただ感謝しかない。今度は我々が、村人たちの願いを叶える番である。

一ヶ月が経った。今日、恐れていたことが起こった。

キノミヤが帰らぬ人となったのだ。覚悟していたこととは言え、彼の亡骸を見ると涙が止まらなかった。病と闘いながら、人生をかけた自らの職務を全うしたキノミヤ。崇高で立派な死だった。

しかし、いつまでも悲しんではいられない。私は彼から引き継いだ伝承を、決して絶やすことなく、次の世代に伝えてゆかなければならないのだ。そう思うと、身の引き締まる思いである。

私が代理として書いたこのルポルタージュは、貴重な記録となるであろう。記録を残すことに関しては、百年祭の秘匿性に反する行為であるという、反対意見もあった。だが私は今でも、間違いではなかったと思っている。禁を犯してもやるべきことだったのだ。次の百年に向けて、とても意義のある記録になるはずだからだ。事実、キノミヤを亡くした今、我々はその重要性を再認識しているではないか。

厳しい冬が終わり、施設に春が訪れた。

今日、施設のホームページに、また取材依頼の問い合わせがあった。連絡してきたのは、佐竹綾子というジャーナリストである。一体どういった取材なのだろうか。何か我々のことを嗅ぎつけ、暴き出そうとしているのか。それとも、彼女自身が闇にとらわれ、我々の力を必要としているのか。別にどちらでもいいと思った。いずれにせよ、拒む理由など何もない。

まぼろしの村

あなたは「すくいの村」を知っているだろうか。

村と言っても、実際に国の行政区画に存在する自治体ではない。個人が運営し、自己啓発を目的に参加者を募っている非営利団体だ。ホームページには次のように記されている。

> あなたの「悩み」「苦しみ」を聞かせて下さい
> 少しでも、あなたの力になることができれば
> 「すくいの村」であなたを待っています
> よろしければ、下記のアドレスにメールを下さい
>
> 「すくいの村」代表　キノミヤ　マモル

「すくいの村」とは一体どんな場所なのだろう。ホームページから推察するに、新手

の自己啓発セミナーか、現代版の駆け込み寺といった趣である。奈良と三重の県境にあるという「すくいの村」。私はある事情から、この施設に滞在し、取材を行うことになった。以下はその顚末を記録したものだ。

※

眼前には、見事な山麓の景色が広がっている。空気もきれいだ。大きく深呼吸をする。

深い緑に覆われた、奈良盆地の風景。

目を凝らすと遠くに、かつて日本の中心地として栄えたという奈良の市街地が見える。奈良県は東西に七十八キロメートル、南北百三キロメートルと、南北に伸びた長方形の県だ。紀伊半島の中央部に位置し、大阪府、京都府、和歌山県、三重県に囲まれた海のない内陸県である。奈良の語源については諸説あるが、平地であることを示す、「なら」すという言葉に由来しているという。古くは日本書紀にも「時に官軍屯聚みて草木を蹢跙す。因りて其の山を号けて那羅山と曰ふ」（傍点筆者）と、その名が登場している。

車を停めて、風景を眺めていた。国道沿いに見晴らしがいい場所があったので、休憩していたのだ。十分ほど休むと、路肩に停めてあった車に乗り込んだ。

エンジンを始動して、アクセルを踏む。車を発進させ、山間（やまあい）の国道を走行する。曲がりくねった峠道を上ってゆく。気分が高まってきた。向かっている場所は、本来の目的地ではないのだが、取材する前にどうしても見ておきたかった。

十五分ほど走ると、道路沿いにある駐車スペースにたどり着いた。平日だからなのか、駐車している車は一台もない。目的地までの道程で、車を停められる場所はここが一番近いはずである。ビジネスバッグを肩にかけ、車を降りた。カレンダーではもう秋になっているのだが、まだまだ暑い。手の甲で額の汗を拭（ぬぐ）いながら、進んでゆく。

少し行くと、舗装されていない山道の入口が見えてきた。立ち止まり、バッグから透明ファイルに入れた一枚の紙を取り出す。紙には、インターネットで調べた周辺の地図がプリントされている。場所が間違っていないことを確かめると、山道に足を踏み入れた。

鬱蒼（うっそう）とした木々に囲まれた道。道幅はさほど広くない。車が入れたとしても、せいぜい軽トラックが通れるくらいだ。私の車ならば、やはり入れなかっただろう。そのまま歩いてゆくと、道はさらに狭くなり、瑞江古道（みずえこどう）という道に差し掛かった。この道は、三重まで続いているという。かつて旅人らが山越えに行き交った道なのだ。

古道を歩き続ける。

夏の名残を感じさせる奥深い山のなかの道。しばらくゆくと、小さな吊り橋が見えてきた。吊り橋を渡り、道なりに歩くと目印があった。古ぼけた地蔵と、小さな祠である。よく見ると、祠の脇に人一人が通れるくらいの道がある。

手元の地図を見て場所を確認した。間違いない。この先に、目的の場所があるはずなのだ。祠の脇にある道に入ってゆく。生い茂る草木をかき分けながら進んでゆくと、視界の先に湖が見えた。

ついにたどり着いた。木漏れ日に反射して、藻に覆われた湖面がきらきらと輝いている。酒内湖という湖だ。さほど大きな湖ではないようである。深い山間の地にある、何の変哲もない湖なのだが、昭和の初め頃までは、湖畔に村があったという。その村は酒内村と呼ばれ、数々の恐ろしい伝承が存在する。酒内村が消滅した理由について、詳しいことは分かっていない。

持ってきたバッグのなかから、一冊の書籍を取り出す。七〇年代に出版された『地史研究』という学術雑誌である。ここに来る前に、奈良県在住の郷土史家の方からお借りしたものだ。この雑誌のなかに、民俗学博士の加賀峯朗という人物が書いた学術記事が掲載されている。それは『呪禁の村と百年祭　旧酒内村に関する調査と研究』という記事で、謎に包まれた酒内村についての考察が成されている。以下は記事を要約したものだ。

・現在の奈良県東南部、三重県との県境近くの山間にかつて酒内村という村落があった。昭和初期に廃村となり、現在居住者は存在しない。

・酒内村についての資料は現存するものはほとんどなく、江戸時代の地誌に記述が残されているだけである。

・古代より、シャーマン（巫女）を介して神や霊魂と交流する原始宗教の地であった。

・奈良時代末期、朝廷から迫害を受けた呪禁師らが逃げ延びてきたという伝説がある。村の敷地のなかには、「呪禁師の墓」という石碑が残されている。それは、この地で命を落としたという呪禁師の慰霊碑であり、石碑の背面には祈禱文が刻印されている。

・酒内村は、呪詛の村として恐れられていた。恨みを抱くものを集め、呪術を使って、相手を呪い殺していたという伝承がある。

・湖を周回する道は、霊道として崇められており、順路通り（湖を中心に右回り）に歩かないと祟りが起こるという言い伝えがある。

・村では百年に一度、百年祭という儀式を執り行っている。儀式の起源は定かではないが、古代より執り行われ、百年ごとに途切れることなく続いていたという。
・大自然における森羅万象全てを神と崇め、次の百年の豊穣と安寧を願う。百年祭を行わなければ、国が滅ぶと信じられていた。また百年ごとの定められた年以外は、絶対に儀式を行ってはならないとの掟がある。
・神と交わり祭祀を司る巫女は、その家系の血筋の者でなければならなかった。宮司はそれに限らないが、その地位を得るためには襲名する必要があった。
・生贄として、人間を神に捧げるという人身御供の風習があった。
・生贄の条件は肉体に著しい欠損や病などがなく、巫女を崇拝する者。過去に恐ろしい罪を犯し、良心の呵責にあえぐ者である。
・儀式は新月の日に行われる。巫女が祈禱しながら、宮司らが行列を成して、四十九体に切断した生贄の身体を、湖を周回する霊道の神木に奉ってゆく。
・儀式の際の順路は通常とは逆回りの、いわゆる「逆打ち」でなければならない。
・酒内村という村名の読みは「しゅないむら」ではなく、逆打ちの風習があったことから「さかうちむら」だったという説がある。
・呪術者らは、村に集まってきた依頼者の呪いの力を活用して、百年祭を執り行っていた。そして儀式の後にはさらなる神の力を得て、依頼された呪詛行為に活用していたのではないかと推測される。

『地史研究』を手に、酒内湖の周辺を歩いた。

集落があったと思しき場所を見つけたので、足を踏み入れる。周回路の入口近くにある、森の木々に囲まれた野原のような一帯である。記事には「酒内村の集落は、湖の北側に存在した」とあるので、この場所でないかと思う。集落の家屋が現存しているということだが、今はもう全て撤去されていた。記事が書かれたのは三十年ほど前だ。状況が違うのは仕方ない。雑誌を参照しながら、周辺を探索する。

しばらく歩き回ると、雑草に覆われた地面に埋め込まれた石を見つけた。呪禁師を祀ったという墓である。片面に文字のようなものが刻印されている。呪禁師への祈禱文だ。記事にも書いてあるが、文字はひどく劣化しており、何が書いてあるかよく分からない。

酒内村が消えた原因は不明だという。記事には、政府当局に目を付けられて、廃村に追いやられたのではないかと記されている。時代は昭和の初め頃だった。不安定な政情で、政府が国民を統制し始めていたころだ。呪術や人身御供を行うような前近代的な集団と目を付けられたのではないかというが、本当のところは定かではないようだ。

集落の跡地を出て、湖を周回する湖畔の道を歩く。酒内村の村人たちが〝霊道〟として崇めていた場所である。私は祟りや呪いなど信じている方ではないが、念のため、湖を中心に右回りの順路通りに進むことにした。

道沿いには、立派な大木が立ち並んでいる。百年祭の時に、ばらばらにされた生贄の遺体が打ち付けられたという神木である。百年ごとに、これらの木に切断された人間の遺体が祀られていたのだ。そう思うとぞっとする。百年祭はいつごろまで行われていたのだろうか。そして、酒内村で暮らしていた人々はどこに消えたのか。そこまでは記事には書かれていなかった。

奈良の山間にひっそりと存在していたという呪詛の村。復讐（ふくしゅう）を請け負い、人を呪い殺していたという村民たち。そして百年に一度、行われていたという不気味な祭。人をばらばらにして神に捧げるという呪いの儀式……。

誠に興味深い話ではあるが、これから取材するのは酒内村のことではない。だがもしかしたら、これから訪れる場所と大いに関係があるかもしれないのだ。しっかりと周辺の光景を、目に焼き付けた。

来た道を戻り、国道沿いの駐車スペースに帰ってくる。

炎天下のなかを歩き回ったので、汗だくである。車のなかも熱気が充満していた。すぐにエンジンをかけて、エアコンを作動させる。冷房が効き始めるには少し時間がかかりそうだ。助手席に置いたボストンバッグから、ハンドタオルを取り出し、顔や首筋の汗を拭う。ポケットから携帯電話を取り出した。これから訪れる取材先に電話をかけて、あと二十分ほどで到着する旨を告げる。カーナビの目的地を、予め登録しておいた取材先の住所に設定する。サイドブレーキを解除して、車を発進させた。

国道に出て、山を下りてゆく方向に進路をとる。先ほどきた道を引き返すかたちである。峠道を下り、そのまま車を走らせると、国道と分岐している道に差し掛かった。ウインカーを出して、山道に入ってゆく。

森林のなかの、舗装されていない道を走行する。酒内湖に行く道とは違い、道幅はさほど狭いというわけではない。私の車でも、走れる程度の余裕はある。それにこの車は四輪駆動のSUV車である。山道の走行に適していた。

五分ほど走ると、カーナビの音声案内が、目的地が近いことを告げる。もう目と鼻の先だ。フロントガラス越しに誰かが立っているのが見えた。ジャージ姿の白髪頭の男性である。こっちに向かって大きく手を振っている。車の速度を緩め、小さく会釈する。男性はジェスチャーで、道路の右側に来るように誘導してくれた。道の端に、何台か車が駐車できるスペースがある。彼の指示に従い、停まっていた軽トラックの横に駐車した。荷物を持って車を降りると、男性が笑みを浮かべて言う。

「お電話で話したキノミヤです。わざわざ遠いところを、ご苦労様です」

「こちらこそ、わざわざすみません。代表のキノミヤさん自ら来て頂けるとは、恐縮です」

「いえいえ、とんでもありません。あなたが来るのを、首を長くして待っていましたから」

年齢は七十前後だろうか。キノミヤは上品な感じがする老人だ。細く長い手を差し出して、彼は言う。

「すくいの村へようこそ」

思わず彼の手を握り返した。

キノミヤの案内で施設に向かう。木々の間を通り抜け、起伏のある斜面を降りて行く。すると、次第に視界が開けてきた。

森が切り開かれた敷地のなかに、何棟かロッジが建ち並んでいる。ホームページにあった写真の風景だ。キノミヤのあとについて、施設のなかに足を踏み入れる。青空の下、大自然に囲まれた、牧歌的な景色が広がっている。澄み切った空気。風にそよぐ洗濯物。土の上に積まれた泥だらけの大根。放し飼いになっている鶏。怪しい雰囲気など一切感じられない。

そのまま歩いて行くと、建物の前の広場に、十数名のジャージ姿の老若男女がずらりと並んでいた。皆一様に、私を見てにこにこと微笑(ほほえ)んでいる。キノミヤが立ち止まり、私に言う。

「この施設の滞在者です。我々は村人と呼んでいます。みんなあなたが来るのを待ち望んでいました」

「そんな……わざわざすみません。僕のためにお集まり頂いて。今日からここでお世話になります。よろしくお願いします」

深々と頭を下げると、彼らはぱちぱちと拍手しはじめた。意外なほどの歓迎ぶりである。取材先でこんな歓待を受けたのは初めてだ。少し面食らっていると、笑いながらキノミヤが言う。

「まあ、お疲れでしょう。ご紹介はこの後ゆっくり出来ますので、まずは滞在して頂くロッジにご案内します。こちらへどうぞ」

キノミヤが歩き出す。彼の後をついて、施設のなかの山道を登ってゆく。歩きながら、彼に声をかける。

「みなさん、いい方ばかりですね。取材だと言うと、煙たがられることの方が多いので」

「そうですか。うちの村人らは、みんな取材に協力したいと言っていますよ。なんでも遠慮なく仰(おっしゃ)ってください」

「ありがとうございます。では……お言葉に甘えて、一つ伺ってもよろしいでしょうか」

「もちろんです」

「先ほどいらした方々が、ホームページに書いてあったような『苦しみ』や『悩み』を抱えて、ここにやってきた人たちということなんでしょうか」

「ええ、そうです。あんな風に笑っていますが、彼らは心のなかで葛藤(かっとう)し続け、絶えず苦しんでいるんです。何とか彼らを、そんな呪縛から解き放ってあげたい。そう思って、私はこの施設を作りました。この社会では、誰しもが勝ち組というわけではありませんでしょう。人は多かれ少なかれ、誰かに傷つけられたり、苦しめられたりを繰り返しています。でもそのなかには、強烈なトラウマを抱え込み、正常な社会生活を維持できなくなってしまった人が少なくありません。微力ながらも、そういった方々の力になりたい。何か社会復帰の手助けになれば……。そう思い、この施設を始めたんです」

キノミヤに案内してもらい、私が使用させてもらうロッジに着いた。

山小屋風の瀟洒(しょうしゃ)な建物である。なかに入ると、台所つきのダイニングと四畳半の畳部屋があった。落ち着いて記事が書けそうな場所である。キノミヤによると、共用棟と呼ばれている建物の中に、浴場があるということだった。さっき村人たちの後ろにあった建物である。ここに来る前に、酒内湖周辺を歩き回ったので、汗をかいていた。早速使わせてもらうことにする。

タオルや着替えを持ってロッジを出る。共用棟に入り、浴場へと向かった。入口は暖簾(のれん)が出ていて、男女に分かれている。手前の右側にあるのが男湯で、左が女湯である。右側の男湯の暖簾をくぐり、なかに入った。夕食前のためか、脱衣場には人の姿はない。衣服を脱ぎ、ガラス戸を開ける。身体を洗い、石造りの立派な浴槽に身を沈めた。湯船のなかで考える。

ついに「すくいの村」にやって来た。心のなかは、期待と緊張感に支配されている。決して油断してはならない。自分の本当の目的が悟られぬように、慎重に行動しなければならない。

その夜は、共用棟の前の広場に、村人全員が集まった。私の歓迎会を開いてくれるというのだ。薪に火が灯されている。バーベキュー用のコンロが出され、高そうな牛肉や、地元で釣れた魚などの食材が焼かれていた。辺りには香ばしい匂いが立ちこめている。缶ビールや焼酎を飲みながら、村人たちも宴を楽しんでいた。私も酒を酌み交わし、彼らと交流を重ねる（とはいえ、私はあまり飲めない口ではあるのだが）。滞在者の年齢や性別もさまざまだ。中年の男女が中心であるが、なかには六十を越えた年配の方や、二十代と思しき若者の姿もあった。

「ビールどうですか」

顔を赤らめた純朴そうな女性が、私に勧めてくれた。礼を言ってそれを受け取る。冷えたビールに口を付けながら、村人たちの様子を観察する。本当に気のよさそうな人たちだ。一体彼らは、どんな苦悩を抱えてここに来たのだろうか。

炎に照らされた村人たちの顔、顔、顔。

私の脳裏に、この施設に関するある噂が浮かび上がる。

――「すくいの村」って知っていますか？　呪いで相手を殺してくれる集団だそうです――

インターネットの某掲示板サイトの書き込みである。

「『すくいの村』は呪いの集団」「人を呪い殺すことができる」「『すくいの村』はやばい」「あいつらはみんな狂っている」「すくいの村は『ろろるの村』」「実際に殺人事件にも関与している」。

呪いで復讐を請け負っているという「すくいの村」。時には人を「呪い殺す」ようなことも行っているというのだ。その噂は、先ほどの酒内村の伝承とそっくりである。

果たして、「すくいの村」についての噂は本当なのか。酒内村との関係は、単なる偶然なのだろうか。もちろん私は、呪いで人を殺せるとは思っていない。だが彼らが、そのような禍々しいことを信じている新興宗教まがいの狂信的な集団だったとしたら、インターネットにあるように実際に犯罪に関わっている可能性はある。現に私は、彼らがある事件に関与しているかもしれないという情報をもとに、この施設を訪れたのだ。

だが、今のところ不審な様子は微塵も感じられない。主宰者であるキノミヤは、穏やかで紳士的な人物であるし、村人たちも素朴で人間味あふれる人ばかりだ。彼らが恐ろしい「呪いの集団」であるという噂は、本当なのだろうか。

危険な取材であるかもしれないが、それは覚悟の上だ。それに、きっと手荒なことはしてこないのではないかと思う。何の裏付けもないが、初めて彼らと会って、確信めいたものを感じている。今日の歓迎ぶりからしても、村人たちは私に対して好意を抱いてくれているようなのだ。とはいえ、それでも決して気を抜いてはならない。用心するに越したことはない。彼らの笑顔の奥に、どんな狂気が潜んでいるかは予測できない。

ここに来る前に訪れた、酒内湖の風景を頭に思い浮かべる。かつて湖の畔（ほとり）に存在したという酒内村。復讐を請け負い、呪術を使って相手を殺していたという伝承が、この「すくいの村」にまつわる噂と奇妙に合致する。それは果たして単なる偶然なのか。

それとも……。

まるで、何かに導かれるようにこの施設にやって来た。是が非でも、彼らの実態を暴（あば）き出さなければならない。私にはどうしても、それを解明しなければならない理由がある。

焦（あせ）ることはない。取材はまだ始まったばかりなのだ。

ろろるの村滞在記・目次

まえがき

佐竹綾子

この「まえがき」を最後に読むあなたへ――

本書は新しい出来事から順に、過去に遡ってルポを掲載した。つまり、時系列とは逆に編纂したのだ。一体なぜそんなことをしたのか。その理由について、ここに記しておく。

私が本書を編纂したのは、取材を通じて「すくいの村」の思想に触れ、強く感銘を受けたからだ。そして、彼らが行った歴史的な偉業を後世に伝えるべく、記録に残しておくべきだと考えた。もちろん伝承にある通り「見るべからず。話すべからず」という、酒内村の秘匿性については重々承知している。よって本書は、私家本として部数を限定して制作することにした。

本書の取材者は二人である。

この文章を書いている私と都築亨という男性のルポライターだ。私と都築亨の間には、直接のつながりはない。一切の面識もなく、私が彼の存在を知った時は、もうこの世の者ではなかった。私は取材の過程で、都築が記したルポルタージュを見つけ、自分の取材記事と併せて編纂することにした。

私は彼の記述を目にして、激しく心が揺さぶられた。崇高な死であると思った。世界の秩序のために、尊い犠牲となった都築。彼への鎮魂の意を込めて、私は本書を、通常とは逆に編纂するべきであると考えた。

そうなのだ――

いわゆる逆打ちである。

「逆打ち（さかうち）」とは、生の世界の秩序を逆転させ、神の住む領域に立ち入る呪い（まじない）である。

私が本書に「逆打ち」を施したのは、神の御加護を祈るわけでもなく、破壊的な衝動で現世に呪いをかけたいわけでもない。ただひとえに、神への供物（くもつ）として捧（ささ）げられた、都築亭への追悼の思いからだ。

それ以外に理由はない。もし本書を読んで混乱したという人がいたら大変申し訳ない。ただし、百年祭の伝承の如（ごと）く、神や死後の世界につながるという「逆打ち」を施したことにより、この書籍に霊的な力が宿ることになったのは否（いな）めない。

だから、本書を時系列とは逆に読み、今この記述を目にしているのは、とても貴重な経験をしたことになるのだ。ある意味「逆打ち」を体験したと言っても過言ではない。キノミヤや「すくいの村」の人たちと同様に、禁忌を犯して、現世とは隔絶された世界に足を踏み入れたのである。この先、あなたに何が起こるかは私には分からない。神の御加護があることを願ってやまない。

私たちのために偉大なる死を遂げた都築亭。一体なぜ彼は、神への供物と昇華することになったのか。それはもう一度本書を、時系列の順番に読み返すと分かるはずである。混沌としていた事象が、実は緻密に仕組まれていたことが——

運命は変えられるのか？　本書のなかで何度も繰り返された言葉。しかし結局、運命は変えられなかった。そうなのだ。決して偶然などではなかった。全ては予め、仕掛けられていたのである。

教室で視線を感じたあのときから。

喫茶店に現れたときも。

彼女と心通わせるようになったのも。

幸せになるという丸い貝をくれたあのときも。

暗い夜の川に男を突き落としたときも。

街角で、十年ぶりに声をかけられたときも。

そして、導かれるように「すくいの村」を訪れたのも。

そう、全ては定められていた。月の見えないあの夜に向けて。私たちが想像するよりもずっと前から……。

ここで一つ、お断りしておかなければならないことがある。それは私自身のことだ。私は当初、この施設に懐疑的であった。だが取材を重ねて行くうちに、酒内村や百年祭のことを知り、ついには施設のことを肯定せざるを得ない体験をした。私の知人が、不慮の事故で命を落としたのだ。その事実を知って、私は慟哭（どうこく）するほど、歓喜に打ち震えたのである。

呪術（じゅじゅつ）が実在するのかどうかは不明である。だが、彼らは大いなる力で、私の積年の恨みを晴らしてくれた。私の人生において、どんなに憎んでも憎み足りない人間の命が、見事に絶たれたのである。そのことは紛れもない事実なのだ。本来ならば、その事情も詳述せねばならないのだが、あとがき（「取材を終えて」）で、簡潔に触れるに止（とど）めておいた。都築のルポルタージュを目の当（ま）たりにして、私の下らぬ話などに紙幅を費やす必要はないと判断したからだ。どうかご了承願いたい。

現在、「すくいの村」があった場所は、誰も居住しておらず、廃墟（はいきょ）のような状態である。ホームページも閉鎖され、閲覧することはできない。酒内湖で起こった死体遺棄事件に関与しているとして、警察が、キノミヤマサルこと青木伊知郎はじめ関係者数名を指名手配したからだ。

しかし、彼らは決して過（あやま）ちを犯したわけではない。

違法行為なのは事実かもしれないが、彼らは法律が制定されるよりもずっと前から続いている、神と人間の理（ことわり）を実行したにすぎないのだ。百年に一度の約束を果たさなければ、世界はどうなるのか、分からないのだから。

以上が私の「まえがき」である。

本書は『すくいの村滞在記』と題するべきなのかもしれないが、施設の本来の性質や彼らの本当の目的などを鑑み、『ろろるの村滞在記』とした。

それでは心して、この歴史的意義のあるルポルタージュを読むがいい。

彼らに祝福あれ。

次なる百年へ、希望を託して。

ろろるの村滞在記

参考文献

『「呪い」を解く』鎌田東二（文春文庫）
『呪いと日本人』小松和彦（角川ソフィア文庫）
『呪いの研究─拡張する意識と霊性』中村雅彦（トランスビュー）
『神、人を喰う─人身御供の民俗学』六車由実（新曜社）
『素数ゼミの謎』吉村仁（文藝春秋）
『パラドックスの悪魔』池内了（講談社）

この作品は令和三年八月『出版禁止　いやしの村滞在記』として新潮社より刊行された。

文庫化にあたり改題した。

泡坂妻夫著

しあわせの書
—迷探偵ヨギ ガンジーの心霊術—

二代目教祖の継承問題で揺れる宗教団体〝惟霊講会〟。布教のための小冊子「しあわせの書」に封じ込められた驚くべき企みとは何か？

泡坂妻夫著

生者と死者
—酩探偵ヨギ ガンジーの透視術—

謎の超能力者とトリックを見破ろうとする奇術師の対決は如何に？「消える短編小説」が仕組まれた、前代未聞驚愕の仕掛け本！

伊坂幸太郎著

クジラアタマの王様

どう考えても絶体絶命だ。製菓会社に勤める岸が遭遇する不祥事、猛獣、そして――。現実の正体を看破するスリリングな長編小説！

伊坂幸太郎著

ホワイトラビット

銃を持つ男。怯える母子。突入する警察。前代未聞の白兎事件とは。軽やかに、鮮やかに。読み手を魅了する伊坂マジックの最先端！

伊坂幸太郎著

首折り男のための協奏曲

被害者は一瞬で首を捻られ、殺された。殺し屋の名は、首折り男。彼を巡り、合コン、いじめ、濡れ衣……様々な物語が絡み合う！

伊坂幸太郎著

ジャイロスコープ

「助言あり〼(ます)」の看板を掲げる謎の相談屋。バスジャック事件の〝もし、あの時……〟。書下ろし短編収録の文庫オリジナル作品集！

宇能鴻一郎著
姫君を喰う話
―宇能鴻一郎傑作短編集―

官能と戦慄に満ちた物語が幕を開ける――。芥川賞史の金字塔「鯨神」、ただならぬ気配が立ちこめる表題作など至高の六編。

谷崎潤一郎著
痴人の愛

主人公が見出し育てた美少女ナオミは、成熟するにつれて妖艶さを増し、ついに彼はその愛欲の虜となって、生活も荒廃していく……。

谷崎潤一郎著
春琴抄

盲目の三味線師匠春琴に仕える佐助は、春琴と同じ暗闇の世界に入り同じ芸の道にいそしむことを願って、針で自分の両眼を突く……。

谷崎潤一郎著
吉野葛（よしのくず）・盲目物語

大和の吉野を旅する男の言葉に、失われた古きものへの愛惜と、永遠の女性たる母への思慕を謳う「吉野葛」など、中期の代表作2編。

谷崎潤一郎著
卍（まんじ）

関西の良家の夫人が告白する、異常な同性愛体験――関西の女性の艶やかな声音に魅かれて、著者が新境地をひらいた記念碑的作品。

長谷川博一著
殺人者はいかに誕生したか
―「十大凶悪事件」を獄中対話で読み解く―

世間を震撼させた凶悪事件。刑事裁判では分からない事件の「なぜ」を臨床心理士の立場から初めて解明した渾身のノンフィクション。

筒井康隆著

敵

渡辺儀助、75歳。悠々自適に余生を営む彼を「敵」が襲う——。「敵」とはなにか？ 意識の深層を残酷なまでに描写する長編小説。

筒井康隆著

銀齢の果て

70歳以上の国民に殺し合いさせる「老人相互処刑制度（シルバー・バトル）」が始まった！ 長生きは悪か？「禁断の問い」をめぐる老人文学の金字塔。

坂口安吾著

白痴

自嘲的なアウトローの生活を送りながら「堕落論」の主張を作品化し、観念的私小説を創造してデカダン派と称される著者の代表作7編。

坂口安吾著

堕落論

『堕落論』だけが安吾じゃない。時代をねめつけ、歴史を嗤い、言葉を疑いつつも、書かずにはいられなかった表現者の軌跡を辿る評論集。

坂口安吾著

不連続殺人事件

探偵作家クラブ賞受賞

探偵小説を愛した安吾。著者初の本格探偵小説は日本ミステリ史に輝く不滅の名作となった。「読者への挑戦状」を網羅した決定版！

坂口安吾著

不良少年とキリスト

圧巻の追悼太宰治論「不良少年とキリスト」、織田作之助の喪われた才能を惜しむ「大阪の反逆」他、戦後の著者絶頂期の評論9編。